Turco

Sylvain Chantal

Turco

le dilettante
7, place de l'Odéon
Paris 6e

Ce texte a été publié pour la première fois aux éditions Bouclard en 2020. Il paraît ici dans une édition revue et corrigée par l'auteur.

ISBN 979-10-308-0074-6

CHAPITRE PREMIER

– Hier –

Hier j'étais à Beyrouth. Pour s'y rendre depuis Paris, il faut quatre heures ; j'en ai mis quatre cent mille. Le temps passé sur cette terre depuis ma naissance. « Liban », c'est pourtant un mot que je n'ai cessé d'entendre tout au long de mon existence. Mais la guerre civile lorsque j'étais enfant, puis les contingences de ma vie d'adulte m'ont éloigné de cette contrée fantasmée dont parlaient régulièrement mes grands-parents. Tout évoquait chez eux ce pays où ils avaient grandi du temps où il était sous protectorat français. Les tapis orientaux accrochés aux murs du salon, la table basse marquetée, la sellette rectangulaire, le jeu de backgammon en bois orné de nacre. Et puis les plats que ma grand-mère préparait durant des heures : les petits pots de *mehallabieh*, ce flan à l'eau de fleur d'oranger, le taboulé, constitué essentiellement de persil et tomates, le *moutabal*, ce caviar d'aubergine au milieu duquel elle creusait une petite cavité pour y verser l'huile d'olive. La cuisine, je ne l'ai compris qu'après sa mort, c'était son coin de Liban à ma grand-mère. Pour cette raison, elle s'y sentait vraiment bien et y passait le plus clair de son temps. Et il y avait aussi ces conversations en arabe, quand le ton montait en plein repas, pour que je ne comprenne rien. Pépé, qu'est-ce que vous disez? T'occupe. J'aurais pu me rendre plus tôt à Beyrouth, ma grand-tante et mes cousins y vivent encore, mais voilà : ce n'était qu'hier.

– Rôti-patates –

On ne se retrouve pas à Beyrouth sans motif. Il en faut au moins un. On peut par exemple aimer le ski et la baignade en mer, activités qu'il est possible de pratiquer dans la même journée au Liban pour peu qu'on dispose d'un véhicule. On peut aussi affectionner la gastronomie évoquée plus haut. Dans mon cas, tout a commencé lors d'un déjeuner chez ma grand-mère : chauffeur du négus, Mémé tu rigoles ? Ce jour-là, j'attaquais ma deuxième tranche de rôti, agrémentée d'une de ces pommes de terre dont l'enrobage craquant et doré avait contribué à établir la réputation de ma grand-mère, tout au moins dans notre cercle familial, quand elle décocha ce missile : « Mon oncle Francesco était le chauffeur d'Haïlé Sélassié. »

Des années que je venais un samedi sur deux déjeuner avec ma grand-mère et, d'un coup, pan. Le samedi, et c'était un rituel, je passais chez elle vers 11 heures, elle me confiait sa carte bleue, deux-sept-sept-sept, tu te souviendras ? Enfin Mémé, ça fait cent fois que tu me la passes ta carte. Je me rendais ensuite au Carrefour Market voisin, lui achetais quelques provisions, notamment les gâteaux Delacre dont elle raffolait, et choisissais mon repas du jour. Fais-toi plaisir, c'était sa seule consigne. Sans vergogne, j'achetais un bourgogne grand cru, avec l'assurance que mon aïeule y trempe à peine les lèvres et que je finisse seul la bouteille. D'ordinaire, les conversations tournaient autour de François Fillon, de ma cousine homosexuelle, de feu mon grand-père et de mes amours, discussions que je résume ainsi avec sobriété, mais qui, dans la bouche de ma grand-mère, donnaient plutôt : « je peux pas le voir ce traître », « quel gâchis ta cousine rien de mieux qu'un bon petit coup quand même », « vivement que je le rejoigne le Pépé il me manque » et « je suis pas sûr que tu sois heureux ». Mais là, pour la première fois, elle me racontait son oncle. Francesco de Martini, un espion qui parlait italien, puisqu'il l'était, français, arabe et anglais. Au volant de la Fiat 3000 du négus, il écoutait et comprenait toutes les conversations, qu'il rapportait ensuite en haut lieu.

C'est dingue ça, Mémé, pourquoi tu ne m'en as jamais parlé avant ? Bah je sais pas, t'as qu'à venir me voir plus souvent. La garce, déjà que j'étais celui de la famille qui la fréquentait le plus depuis le décès de mon grand-père. Il est vrai que j'étais son chouchou, le premier de la dynastie des *tastouzes*, ce mot qui au Liban signifie *petit cul*. Née à Beyrouth, ma grand-mère avait ce truc, peut-être propre aux Orientales, d'accorder principalement du crédit aux enfants de sexe masculin. Il y en eut plein des tastouzes après moi, mais je demeurais son préféré. Une fois devenu adolescent, je fus cependant détrôné par le fils de mon oncle, qui fut lui-même remplacé par son petit frère quelques années plus tard. Mémé, tu as déjà entendu parler de Google ? Attends, on va regarder sur mon téléphone, il doit bien exister une trace de ton oncle. Je tapai son nom, tu m'as dit « de » ou « di » Martini ? Purée, elle avait raison. Trois photos en noir et blanc apparurent bientôt. Une où le Tonton ressemblait à Lawrence d'Arabie avec son keffieh blanc cerclé de noir, une autre où il affichait fièrement une vingtaine de médailles sur son costume militaire, et une dernière où il était juché sur la fameuse Fiat 3000. Alors là. Sur le cul, le *tastouze*.

– Jacques Chirac –

Ma grand-mère m'a fait la gueule une fois. *A posteriori*, je me dis que si j'avais eu quatre-vingt-dix piges et que sur quatre-vingt-dix pages mon petit-fils m'avait traité de « vieille bique », peut-être aurais-je moi aussi réagi de la sorte. Dans un précédent livre, où je lui rendais hommage et des comptes, j'avais en effet écrit qu'elle avait tout le temps son mot à dire sur tout et n'importe quoi. Vengeance, elle m'avait vivement recommandé de faire du Marc Levy, lui au moins il vend, c'est pas comme tes histoires de types dépressifs. Deux mois, sa bouderie avait duré. Et puis, un jour, en me sortant une bière du réfrigérateur, des Kronenbourg qu'elle n'achetait que pour moi, elle m'avait lâché : « J'arrête de te faire la tête. Tu es mon petit-fils et je ne pourrai plus en changer de toute façon. » Et c'était reparti comme avant : le traditionnel rôti-patates, succédant à la petite clope d'avant repas que je lui offrais et qu'elle crapotait avec un malin plaisir, le bourgogne grand cru, le gâteau avec une fine couche de nougatine, le café serré à la libanaise qu'on touille à mesure que l'eau est versée, les anecdotes sur tel et untel, Nicolas Sarkozy un peu, Jacques Chirac beaucoup. Sur l'autel sentimental de ma grand-mère, figurait au premier plan Pierre, qu'elle surnommait Pierrot, puis pas loin derrière, mais alors vraiment pas loin, Jacques Chirac. En soixante-dix ans de vie commune, jamais elle n'avait trompé le Pierrot en question, mais s'il lui avait été donné de rencontrer Jacques Chirac, qu'est-ce qu'il est bel homme, je ne suis pas sûr que le père de ses quatre enfants eût conservé sa place en haut du podium.

Ma grand-mère a tour à tour été RPF, URAS, RS, UNR, UNR-UDT, UD, UDR, RPR et UMP, autant d'acronymes différents, mais qui tous signifiaient la même chose : elle était de droite, et invariablement. La vision que Mémé avait du monde se résumait à ce que voulaient bien écrire les journalistes du *Figaro*, qu'elle lisait tous les jours depuis soixante ans. De fait, on n'était pas souvent d'accord et je m'amusais à l'asticoter. Il suffisait par exemple que je glisse dans la conversation le mot *Fillon* (parfois même le prononçais-je malicieusement trop vite, *Fion*) pour la mettre dans tous ses états. Il ne fallait pas trahir Chirac, c'était interdit. Mais ce midi-là, point de Chirac et tous ses lieutenants, non, ce midi-là, elle me parlait du négus. Oui, Haïlé Sélassié Ier, l'empereur d'Éthiopie. Mais ce n'est pas ce midi-là que j'ai collé le Post-it® sur le frigo.

– Rasta baby –

Avant ce déjeuner, ma connaissance en empereurs d'Éthiopie était assez limitée. À l'école, on enseigne les Gaulois et les Romains, mais les Éthiopiens ne figurent pas dans les priorités des professeurs d'histoire-géographie. À dix-sept ans, j'avais rencontré en Colombie un Écossais qui, apprenant que je vivais à Nantes, m'avait donné un courrier à transmettre à son fils à mon retour en France. Keith, c'était le prénom du destinataire, était ce que j'appelais à l'époque un « fumeur de pétards ». Je n'en fumais pas moi-même, mais j'étais content de compter, c'est moche *content de compter* faudra que je pense à trouver autre chose, un « fumeur » dans mon entourage, ça fait bien quand on est adolescent. Car, le courrier une fois remis, nous avions gardé contact, sympathisé même, et je me rendais de temps en temps chez lui le samedi après-midi. Je n'étais du reste pas le seul. Keith étant un des rares de sa bande à disposer de son propre appartement, son salon prenait des allures de cour des miracles où la marijuana tournait de doigts en doigts et le reggae en boucle sur la platine vinyle. Dieu que j'ai pu, enfin Jah que j'ai pu, écouter du reggae à l'époque. Évoluant dans le milieu poppy, mes vedettes à moi c'était Pulp, Blur ou The La's plutôt que Bob Marley et, en moins bien, ses rejetons Ziggy, Ky-Mani, Julian, Damian, Rohan et Stephen. Je mets sur le compte de la drogue le fait que la descendance de Bob se soit lancée dans la musique comme papa. Wolfgang Amadeus Mozart n'a jamais fumé de joints au-dessus du berceau de Karl Thomas, Franz Xaver, Raimund Leopold et Theresia Constanzia et ses gosses ne nous ont pas emmerdés avec du sous-Mozart. Passons. Sur un mur du salon, était punaisée une affiche avec un enfant noir, bras croisés, *dreadlocks* en pagaille sur la tête, qui dévisageait crânement son vis-à-vis, en l'occurrence moi, qui ne savais pas du tout qui c'était. C'est Rasta Baby, m'apprit Keith, un rastafari. Ah, et c'est quoi un rastafari ? Ça vient de la religion jamaïcaine, me répondit-il, qui considère Haïlé Sélassié comme prophète et messie. Voilà, avant Mémé, ce fut la première fois que j'entendis parler du négus.

– Petit caractère –

C'est rare les gens qui, comme ma grand-mère, n'ont pas d'amis. Son Pierrot, sa progéniture et son intérieur lui suffisaient. Chaque matin, elle se levait à 5 heures pour boire son café, puis déroulait sa journée. Ménage, lessive, cuisine, RTL, déjeuner, *Figaro*, sieste, Scrabble, engueulade t'as triché, dîner, télévision, dodo, café, ménage, lessive, cuisine, RTL, déjeuner, *Figaro*, sieste, Scrabble, engueulade t'as triché, dîner, télévision, dodo. Pas besoin de plus, elle était heureuse comme ça. Son mari lui confiait en début de mois un budget pour la maison qu'elle gérait selon son bon vouloir et dont profitaient allègrement les petits-enfants qui lui rendaient visite. Je suis reparti un paquet de fois avec 100 balles en poche pour : va chez le coiffeur, ils sont vraiment trop longs tes cheveux. Elle glissait le billet dans ma veste. Pour la forme, je jouais la vierge effarouchée, non non Mémé pas la peine, mais j'acceptais bien sûr ces étrennes d'avant l'heure que je dépensais ensuite en bière et cigarettes. Ma grand-mère avait été très belle. La photo de son mariage trônait au-dessus du lit, c'est pour ça que je le savais. Mon grand-père en était tombé fou amoureux à l'adolescence. Ils s'étaient donné la main un après-midi beyrouthin, face à la Méditerranée, et ne s'étaient plus jamais quittés. Pourtant, il fallait se la farcir ; elle avait son petit caractère. Une fois, lors d'un de ces déjeuners dont je parlais plus avant, elle m'avait même raconté qu'elle avait voulu tuer. Tuer. C'était pendant la Seconde Guerre mondiale. Mon grand-père était militaire au sein des Forces françaises libres, les fameuses « FFL de de Gaulle ».

J'ouvre d'ailleurs une parenthèse à ce sujet : autant Mémé aurait pu tromper Pépé avec Chirac, autant Pépé aurait pu lui rendre la pareille avec le général de Gaulle, à qui il vouait une admiration sans bornes. Affecté en Syrie, mon grand-père vivait avec sa jeune épouse à Deir ez-Zor. Un jour, ma grand-mère avait eu un pressentiment. Elle avait quitté leur domicile et s'était réfugiée au sein de la garnison. La femme d'un militaire français fut, quelques heures plus tard, violée, torturée et tuée. Ma grand-mère réclama un flingue pour aller tous les buter ces cons, ce que bien sûr on lui refusa, mais je sais qu'elle en aurait été capable. Pourquoi je parlais de ça ? Ah oui, mon arrière-grand-oncle, j'y viens. Ce matin, j'ai consulté la page Wikipedia qui lui est consacrée. Problème, tout est en italien, langue que je ne maîtrise pas. Google Traduction me propose une version en français, j'accepte :

C'était un gars étrange et trapu, la moustache, les yeux en vie, je l'ai entendu appeler le sergent-major, mais en réalité il n'était ni un soldat ni un bourgeois. Il avait un pantalon mexicain, des bottes à lancettes, une coiffe de cirque, sa ceinture tenait un pistolet hors d'usage, un roman jaune, un mouchoir vert autour du cou comme les Arabes et une ceinture géante à la ceinture. Il a dit qu'il est né en Mésopotamie de l'italien : je sais que certains Italiens, mais je parle et écris le meilleur arabe et de garder une bonne mémoire du Coran. Je parle aussi amharique mieux que beaucoup d'Abyssins. Je n'ai aucune éducation parce que je méprise les écoles : à treize ans, je me suis enfui de ma maison pour me livrer avec quelques compagnons à l'aventure dans le désert, les armes à la main contre les Bédouins et les brigands.

Merci Google, mais qu'est-ce que je peux tirer de ce charabia ? J'ai envoyé le texte à un ami dont la belle-mère parle couramment cette langue. On verra bien si ma grand-mère a dit vrai.

– Alors oui, –

Je trouve toujours mieux à faire. Lire, marcher, travailler, cuisiner. Mais consacrer une heure du temps qu'il me reste sur terre pour me rendre dans un magasin afin d'y acheter une couette, subir l'interminable file d'attente aux caisses, traverser la ville avec l'encombrant sac dont l'anse en plastique se déchire immanquablement je le savais fait chier, ça m'épuise par avance. Du coup, je compose. Lorsque je me couche, j'étale sur le drap une première serviette de bain à hauteur des jambes, puis une deuxième au niveau du torse, j'y superpose mes deux manteaux d'hiver et le tour est joué, j'ai chaud. Au gré de mes mouvements nocturnes, des interstices se créent pourtant entre les différents textiles qui permettent au froid d'agacer mes membres dévêtus. Voilà, j'ai la gorge prise, c'est intelligent. Pas évident tous les jours de vivre sur un bateau. J'habite en effet sur une pénichette amarrée à deux pas de la gare de Nantes. Chambre, cuisine, salon, tout s'étire d'un seul tenant dans cette embarcation. De la vingtaine de logements que j'ai pu occuper dans mon existence, c'est sans doute le plus spartiate. Même si elle donne encore signe de vie par d'insupportables et réguliers bourdonnements, la pompe à eau ne fonctionne plus ; je me rends tous les jours à la capitainerie chercher quelques litres dans des bouteilles en plastique. Le plancher du bateau est, comment dire sans vexer la langue française et mon propriétaire, fluctuant, avec de nombreuses cavités que masque à peine le lino orange et flashy. Les toilettes ne servent qu'à uriner. Pour les matières fécales, cela implique une logistique que je ne détaillerai pas ici, ne dérivons pas. Alors oui, c'est dans ces quinze mètres carrés que je passe mes journées. J'ai quitté un poste à responsabilités à Paris, et le salaire correspondant, pour revenir à Nantes et me consacrer à l'écriture. J'ai mis du temps à trouver mon sujet. Je le cherchais, mon héros. Un type dont on observe l'évolution, d'un point A à un point Z, en passant par des points B, C, etc. Et puis un soir, alors que je me trouvais nez à bec avec un héron qui agitait ses ailes sur mon ponton, j'ai eu un flash. Un héron, bien sûr que j'en ai un à portée de main. Un héros, je veux dire. Et romanesque en plus. Je me suis endormi bercé par le cliquetis de la pluie sur le toit et les vaguelettes soulevées par l'Erdre. Au réveil, je me suis levé, transi de froid, pour rejoindre la table du salon et l'ordinateur. C'est décidé, je me rends au Liban interroger Huguette, la sœur de ma grand-mère. J'ai collé un Post-it® sur le réfrigérateur : *Francesco de Martini.*

– Week-end à Rome –

Pas fermé l'œil de la nuit glaannnnggdlonnnggg. Cette fichue pompe à eau glaannnnggdlonnnggg, que mon propriétaire est venu réparer hier glaannnnggdlonnnggg, se met, depuis, en branle toutes les trois minutes glaannnngg boummm vrumm dlonnnggg. Allez trouver le sommeil avec ça glaannnnggdlonnnggg. Je respecte tout de même le cahier des charges que je me suis fixé la veille : préparer mon voyage glaannnnggdlonnggg à Beyrouth, mais je suis de mauvais poil. Entre deux glaannnnggdlonnnggg, j'ai fouillé dans le cahier où j'avais noté le numéro de téléphone de mon cousin Francky et j'ai glaannnnggdlonnngg putain mais j'en peux plus, et j'ai, glaannnnggdlonnngg, et j'ai débranché d'un coup sec la foutue prise de courant qui relie la salope de pompe au connard de générateur électrique. Ouf. J'attends trois minutes, pour voir si ça recommence.   Non, ça a l'air d'être bon.   Ouf. On va pouvoir reprendre. Je disais donc mon cousin Francky vit avec sa femme Roula et leurs deux enfants, Romy et Rodolphe, à Jounieh, ville côtière située à vingt kilomètres au nord de Beyrouth. Il est d'accord pour m'héberger, mais pas avant mars, fait trop froid en ce mois de janvier, les maisons n'ont pas été conçues pour affronter les basses températures. S'il savait ce que j'affronte, moi : à 7 heures, je me suis levé pour uriner et un courant d'air m'a sitôt glacé le dos. Deux degrés Celsius, indiquait le thermomètre accroché au mur. Anders Celsius, dont l'échelle des températures honore le nom, est mort de la tuberculose à quarante-trois ans. Bien la peine d'inventer un truc pareil si c'est pour claquer après un petit coup de froid. Avant d'entamer l'écriture, j'ai trouvé une idée imparable : me mettre à la cuisine. J'ai découpé prestement oignons, champignons, gousse d'ail, persil, tomates, et expédié le tout dans une casserole prête à mijoter. Avec cette ingénieuse stratégie, d'une je réchauffe la pièce grâce à la cuisson au gaz et de deux je n'ai plus qu'à me mettre à table une fois le devoir accompli.

Car oui, quand on s'efforce de dégeler ses doigts sur un clavier d'ordinateur, on peut parler de devoir. Je disais quoi? Oui que je voulais me rendre au Liban pour rencontrer la sœur de ma grand-mère, que je comptais la questionner au sujet de son oncle Francesco et que je pouvais me taper l'incruste chez Francky. Mon cousin est né au Liban, mais il est suisse. Il partage sa vie entre ces deux pays. Sur mon téléphone, j'ai installé WhatsApp pour correspondre avec lui. Je lui envoie des messages écrits, auxquels systématiquement il me répond par des capsules audio dans lesquelles il enregistre sa voix. Tu n'es pas très « texto », j'ai fini par lui demander.

« Mais qu'est-ce que tu veux t'emmerder à écrire alors qu'aujourd'hui on a l'audio? En plus, et toi tu n'as pas ce problème, je *switche* tout le temps entre l'anglais et le français. Donc, quand tu commences à écrire, il faut enlever l'autotexte, car les corrections c'est casse-pied. C'est un truc que j'ai appris des Libanais. Ils n'arrêtent pas de parler à leur téléphone. Ils se font des messages audio tout le temps. » Soit. En attendant, qu'est-ce que je fais de mon projet? « Profites-en pour te rendre à Rome, me répond Francky, afin de rencontrer Antonio, le fils de Francesco. Il t'en apprendra davantage. C'est le cousin germain de ta grand-mère. »

Bonne idée, Francky. Même si la perspective de passer un week-end à Rome, tout seul sans personne, ne m'enchante guère. J'aurais préféré coincer ma bulle dans la bulle de quelqu'un, comme il chante Daho. Des voyages en solitaire, j'en ai réalisé beaucoup, notamment en Amérique du Sud. J'étais jeune et la solitude participait du processus romanesque de l'aventurier aux cheveux longs, stylo et calepin en poche, qui suit les traces de ce Tintin dont il lisait les récits enfant. Je me suis ainsi retrouvé dans une secte évangéliste à Santiago du Chili, dirigée par le pasteur bolivien Ítalo Frígoli. J'ai rallié, à bord d'une pirogue, un village d'Indiens perdu au fin fond de l'Amazonie colombienne. J'ai arpenté les rues du Cartucho à Santa Fe de Bogotá, notamment une artère en U d'où les habitants ne sortent pas. On y pénètre, l'étau se resserre derrière soi, on ne se retourne pas, avance, entre les presque cadavres, tourne à droite, c'est encore loin la sortie, la crasse sur les visages, les yeux injectés de sang des fumeurs de crack, le *basuco* on appelle ça, on tourne encore à droite, toute la misère du monde se délite sous nos yeux, ne pas croiser de regards, ne surtout pas se faire remarquer, il ne peut y avoir pire en matière de déchéance humaine, et toujours cette odeur si prononcée de crack qu'on n'oubliera jamais, et puis enfin la sortie, ouf on l'a fait. À quoi ça sert ? À se dire qu'on est vivant. Bref, partir interroger un lointain cousin dans une capitale européenne ne devrait pas m'effrayer. C'est se sentir seul qui est terrorisant. Post-it® : *Retomber amoureux.*

– Post-it® –

~~*Retomber amoureux*~~. *Trouver une muse.*

– Viens poupoule –

Le samedi matin, j'ai encore souvent ce réflexe au réveil : tiens, j'irais bien me taper un petit rôti-patates chez Mémé. Ah mince elle n'est plus là, c'est vrai. Une fois veuve, ma grand-mère avait refusé avec obstination de terminer sa vie en maison de retraite. Non, ce serait chez elle et nulle part ailleurs. Elle n'aimait pas être entourée de gens qu'elle ne connaissait pas, elle n'allait pas commencer à quatre-vingt-dix ans. La voisine d'en face, qui possédait une clef, passait chez elle une ou deux fois par jour vérifier que tout allait bien. Et puis, c'était il y a trois ans, elle avait chuté dans sa cuisine, on l'avait conduite à l'hôpital. Elle s'y était laissée dépérir. Voilà, plus de Mémé. Et plus d'enfance. La mort des grands-parents, et j'ai perdu les quatre à peu de temps d'intervalle, marque sans conteste la fin de ce temps jalonné de souvenirs heureux. Au-dessus, juste au-dessus, ne restent plus que deux parents qui eux aussi vieillissent tranquille, dans l'ordre des choses. C'est peut-être aux décès de mes grands-parents que la notion de mort m'est devenue si prégnante. Une obsession même, le trou et les quatre planches. Cela dit, j'ai été gâté car j'ai bien profité de mes aïeuls, et jusque tard. J'ai évoqué plus haut mes grands-parents paternels; du côté de ma mère, l'attelage ne manquait pas non plus de piquant. Ma grand-mère maternelle, Colette, était très sociable et son emploi du temps aussi chargé que celui d'un ministre. Que ce soit au téléphone, qu'elle avait toujours vissé sur l'oreille, ou dans son salon, autour d'un thé Earl Grey, elle parlait tout le temps et beaucoup. Il fallait prendre des notes pour suivre le fil car, entre le point de départ (« j'ai croisé Mme Stocker ce matin ») et le point d'arrivée (« pauvre petit gars »), on pouvait sans peine se perdre dans les circonvolutions de son monologue.

Mon grand-père maternel, René, qui préférait traîner dans son jardin vêtu de son pull « Mickey », suivait bon an mal an les directives de sa femme. J'ai passé nombre de journées avec lui, à le regarder bricoler, à l'écouter fredonner de vieilles chansons, « Viens poupoule, viens poupoule, viens… », à m'émerveiller des anecdotes tirées de ses séjours à Cardiff et Burgos. Oui, et ce n'était pas fréquent dans les années 1920, René avait été envoyé par son père, alors qu'il n'était qu'un enfant, au Royaume-Uni et en Espagne. Gamin, il était donc trilingue, rare pour l'époque. Mon grand-père m'a aussi initié au golf lorsque j'avais une dizaine d'années. En arrivant au *club-house*, je portais son caddie, il jouait seul les premiers trous, puis, une fois engagés dans la forêt, loin de la vue des propriétaires, il m'initiait aux rudiments de ce sport qu'il avait lui-même appris au Pays de Galles. Nous étions ainsi complices dans l'infraction. J'aimais faire les quatre cents coups avec lui, et je ne parle pas du golf : s'il en faut quatre cents pour terminer le parcours, vaut mieux changer de sport. J'ai donc bien profité de mes aïeuls. Un ami orphelin, qui n'a pas eu cette chance, m'enviait l'autre jour à ce sujet. La seule image qu'il conserve de son père, c'est quand ils ont ouvert le caveau familial pour y entreposer le cercueil de sa mère.

Une brume cotonneuse enveloppe le bateau ce matin. J'ai du mal à sortir un pied du lit (ne parlons pas des deux) tant l'atmosphère est glaciale. Je travaiillleraii= en resstaantt souus la couet%te. Non, pas pratique du tout. Impossible de clavioter sans fautes de frappe avec l'ordinateur posé en équilibre sur mes genoux redressés. En plus, le bateau tangue, je fiche de la cendre partout, faudrait pas que je mette le feu. Ce n'est pas avec trois pauvres bouteilles d'eau que je pourrais éteindre un éventuel incendie. Bref, me voilà à ma table, bien obligé, pas une vie, les pieds transis de froid et les jambes congelées par mon pantalon humide. Je le sais pourtant qu'il ne faut pas que je l'abandonne à même le sol au moment du coucher, mais je me fais avoir à chaque fois. Parler d'autre chose. Et ça tombe bien : j'ai matière. L'ami à qui j'ai envoyé le laïus à traduire m'a transféré ce matin l'e-mail de sa belle-mère. « Ci-joint la traduction sur Francesco de Martini (James Bond d'un autre temps). Tu me diras ce qu'il en a pensé le petit-neveu. Maryse. » Je vais la reproduire intégralement dans ces colonnes ; Michel Houellebecq a bien plagié Wikipedia dans *La Carte et le Territoire*, on ne viendra pas me chercher des noises. J'aime bien ramener ma fraise avec mes réminiscences de latin, c'est une petite vengeance : oui, j'utilise à juste titre l'expression *chercher des noises*. De la quatrième à la première, j'ai en effet tenté d'ânonner sans succès *rosa rosae rosam*, mais j'avais toujours zéro sur vingt lors des contrôles, car mon cerveau défaillant ne parvenait pas à assimiler les multiples déclinaisons inhérentes à cette langue qu'on dit « morte ». Le professeur décomptant cinq points par faute, il en suffisait de quatre (le calcul était très très vite fait) pour figurer dans les derniers de la classe. Mais ce que j'aimais dans cette matière, c'étaient les cours de lexique et de civilisation. Je revois encore, trente ans plus tard, mon professeur mimer un sénateur romain, à grand renfort de gestes, pour expliquer l'origine du mot *tollé* à une classe de boutonneux hébétés. *Tolle hoc*, enlève ceci, criait ce grand type tout sec qui flottait dans sa veste tellement il était malingre. *Noise*, du latin *nausea*, signifie *mal de mer*. Vu comment ça tangue ce matin, je me suis dit que c'était mieux que d'écrire *on ne viendra pas me chercher des poux dans la tête*, *poux* étant issu de *peduculus* qui, bon alors qu'est-ce qu'il dit cet article ?

Francesco de Martini (né à Damas le 9 août 1903 – décédé à Grottaferrata le 26 novembre 1981) fut le militaire italien le plus décoré de la Seconde Guerre mondiale. Deuxième de cinq enfants d'Antonio de Martini, ingénieur italien né à Smyrne qui a vécu en Orient et a participé à la construction de la ligne de chemin de fer Berlin-Bagdad, et de Sofia Mokadié, fille d'un hôtelier syrien à Damas, Francesco de Martini a étudié au Liban au National College. Pendant la guerre italo-libyenne (1911-1912) la famille de Martini fut prisonnière, comme tous les Italiens résidant dans l'Empire ottoman, dans le camp de concentration de Deir ez-Zor, situé à la frontière du désert syrien. En 1918, à l'âge de quinze ans, il fait une fugue de chez lui pour passer une saison dans une tribu bédouine dans le désert syrien, puis comme interprète dans une zone militaire anglaise. Le 24 novembre 1923, il se présente au district militaire de Bari pour accomplir son service avec la classe 1903 comme « recrue de la liste de Bari 1903 ». Le 26 novembre de cette même année, il est affecté au dépôt des chars de Rome, à l'époque unique site de chars de l'armée italienne. Le 1er mars 1924, il est promu sergent et le 22 avril 1927 il arrive à Djibouti pour livrer un char Fiat 3000 que le duc des Abruzzes Luigi Amedeo di Savoia offre, au nom de l'Italie, au Ras Tafari (qui devint Haïlé Sélassié après sa nomination au trône de l'empire d'Éthiopie en 1930). L'année suivante, le ministère de la Guerre, sur demande du ministère des Affaires étrangères, décide que le sergent-major Francesco de Martini doit rester à Addis-Abeba pour une période indéterminée, afin de former le personnel éthiopien à l'utilisation des chars. Entre-temps, une tentative de coup d'État guidée par le commandant de la garde impériale éthiopienne, ayant pour objectif de renverser le régent Ras Tafari, voit le sergent-major italien intervenir de sa propre initiative. Avec le seul char disponible, il enfonce le portail de la résidence impériale permettant au Ras de monter à bord et ils échappent de cette façon au siège des révoltés. Après cet épisode, le Ras Tafari décide de nommer Francesco de Martini en qualité de commandant de la garde impériale. Ce qui permet au sergent-major de collaborer avec l'attaché militaire italien à Addis-Abeba, le colonel Vittorio Ruggero, à la préparation de plans d'invasion italienne de l'Abyssinie, pour faire face, huit ans plus tard, à l'attaque italienne en Érythrée. Ah ouais, quand même.

– Missive –

Étonnamment, je me suis levé de bonne bonne bonne humeur ce matin (y a des matins comme ça). Je dis « étonnamment » car j'ai passé ma journée d'hier à cafarder. La faute en revient à une foutue crève qui m'a cloué au lit. Ça va mieux aujourd'hui. Je mouche moins. Je ne me suis toujours pas résolu à sortir acheter une couette, mais j'ai eu la brillante idée de désosser de sa housse le clic-clac du salon. Bingo, une couverture en plus. C'est heureux que ça aille mieux car j'ai besoin de toute ma concentration. Après lecture de la traduction de Maryse, j'ai pris la résolution de contacter le cousin de ma grand-mère.

Cher Antonio, Je me permets de vous écrire en français car mon cousin Francky, qui m'a transmis vos coordonnées, m'a dit que vous le parliez très bien. Pour me présenter en deux mots, je m'appelle Sylvain Chantal. Je suis le petit-fils de votre cousine Juliette, décédée il y a trois ans. Je me consacre à l'écriture (romans, pièces de théâtre, scénarios). J'ai commencé un livre sur ma grand-mère et sur ce qu'elle me racontait à table, quand je déjeunais chez elle le samedi. Elle me parlait notamment de son oncle Francesco de Martini, personnage que j'imagine très « romanesque ». Si vous acceptiez, j'aimerais beaucoup vous rencontrer afin de recueillir votre témoignage. J'habite à Nantes, où vivait aussi ma grand-mère, et peux venir vous voir à Rome. Rassurez-vous, je ne monopoliserai que le temps que vous voudrez bien me consacrer. Dans l'attente de votre réponse. Cordialement.

Voilà, missive envoyée. Plus qu'à attendre la réponse (je vais me recoucher).

– Les temps sont durs –

Écrivains nantais : les temps sont durs. De retour du marché où j'ai acheté huîtres et langoustines pour une demoiselle (je suis pauvre, d'accord, mais on n'attrape pas une bouche avec du vinaigre), j'ai fait ce midi une halte dans un bar pour boire une eau gazeuse et lire *Presse Océan*. En une du quotidien local, s'affichait la phrase choc citée plus haut, suivie d'un sous-titre : *Ils sont publiés par de grandes maisons d'édition, ont reçu des prix prestigieux et collectionnent les critiques élogieuses. Rares pourtant sont ceux qui vivent de leur plume.* J'ai ouvert le journal à ladite page de l'article. Le directeur d'une maison d'édition locale y expliquait qu'il devait sa meilleure vente, huit mille exemplaires, non à un jeune auteur nantais, mais à un Parisien beaucoup plus âgé, d'ailleurs un peu décédé depuis un siècle, Émile Zola. Pas gagné pour moi… Perdu dans de funestes pensées, j'ai aspiré à la paille la fin de mon eau gazeuse, produisant sans prendre garde des bruits que mon voisin a dû juger inconvenants vu les regards de biais qu'il m'adressait, et me suis levé pour ébouillanter mes langoustines. En rentrant aïe je me suis cogné contre le plafond du bateau et j'ai renversé mon sachet d'huîtres au sol. J'envie les personnes de petite taille qui viennent me rendre visite. Je veux mentionner ici ceux de mes amis qui mesurent moins d'un mètre quatre-vingts. Moi, j'en fais cinq de plus et suis obligé d'avancer voûté dans la péniche. Le bossu de Notre-Dame qui marche clopin-clopant pour secourir Esmeralda, eh bien c'est un peu moi (sauf que je n'ai pas d'Esmeralda, enfin on verra tout à l'heure). C'est un peu dérangeant, surtout la nuit quand, à demi réveillé, je me rétame la tête contre le haut de l'entrée des toilettes. Allez vous rendormir après ça. L'été, ce plafond bas est moins gênant puisque je vis beaucoup sur le ponton. C'est l'hiver que cela devient pénible. Mais bon, on s'y fait. Et puis ça m'oblige à passer le plus clair de mon temps le cul vissé sur ma chaise, à travailler. Pas plus mal. D'ailleurs, faudrait peut-être que je me décide à écrire. Les temps sont durs, d'accord. Mais ce n'est pas une excuse.

– On t'attend –

J'ai déjeuné avec mon père ce midi. Quelques jours plus tôt, je lui avais envoyé un texte écrit les mois précédents, dans lequel je narrais mes échecs, mes addictions. Moi, tout simplement. Deux heures après, mon père m'a répondu : *Je ne suis aucunement surpris par ce que tu racontes dans ce texte. On déjeune ensemble ?* Pour la première fois de notre vie presque, nous ne nous mentions pas, ni lui ni moi. Il m'avait laissé le choix du restaurant ; j'avais opté pour un libanais (tant qu'à faire) et ce fut autour de mezze que je lui exposai mon projet. Nous avions un sujet à partager : je compte partir à Rome interroger un cousin germain de sa mère que lui-même n'a jamais rencontré. Il ne connaissait pas Francesco de Martini, mais davantage son frère Umberto, surnommé « Berto ». Médecin, celui-ci avait soigné Édouard von Bismarck, petit-fils du chancelier de l'Empire allemand Otto von Bismarck, puis avait terminé dans le lit de sa femme Mona une fois celui-ci décédé, devenant ainsi le cinquième mari de la comtesse de Bismarck. En rentrant chez moi, j'ai consulté Internet pour me renseigner sur cette intrigante Mona Bismarck et apparut aussitôt un tableau de Salvador Dalí dans lequel elle était représentée, ainsi qu'un communiqué de presse de Sotheby's paru au moment de la vente de l'œuvre en 2013.

Le style de Mona fut célébré dans une chanson de Cole Porter, tandis que sa grande beauté et son élégance séduisirent les peintres tels que Salvador Dalí, Leonor Fini, Bernard Boutet de Monvel, ainsi que les photographes Cecil Beaton, Edward Steichen et H.P. Horst. Son cercle social comprenait des hommes d'État et des politiciens comme les présidents américains Roosevelt et Eisenhower, le duc et la duchesse de Windsor, la princesse Grace de Monaco, et un nombre impressionnant d'écrivains et d'artistes, dont Greta Garbo, Cristóbal Balenciaga, Tennessee Williams, Truman Capote et Paul Newman. J'ai scotché un Post-it® sur le frigo, *Mona von Bismarck (peut-être à creuser)*, puis me suis autorisé une sieste. D'autant que j'ai une couette depuis hier. Mon oncle, que j'ai dû apitoyer lorsqu'il est venu prendre l'apéritif l'autre dimanche, m'en a apporté une qui végétait dans ses placards. Gling. Sonnerie de ma boîte de réception.

Cher Sylvain, J'ai bien connu ta grand-mère et son mari car elle était ma cousine germaine et ils sont venus deux fois me visiter à Rome. Je me souviens que son mari était ingénieur et était très intéressé aussi aux techniques de construction italiennes. Bref, viens quand tu veux. On peut vous (ou t') héberger chez nous, ou si tu préfères avoir plus de liberté, dans un des appartements que mon fils Francesco (qui a probablement ton âge) loue aux touristes en vacances et qui en janvier et février sont libres. On t'attend. Antonio.

Francky ne m'avait pas menti : il parle un français parfait le cousin italien. Et, avec ce message, je ne peux plus reculer désormais. *È andato.*

– Cadavre –

Ce matin, j'ai reçu un appel téléphonique de mon oncle. « Tu décroches ! Ouf, tu es vivant... » Un article de *Presse Océan* relatait qu'un cadavre avait été repêché la veille au pied de mon bateau. « Tu n'as rien vu ? » Non. Je n'allais pas lui expliquer que le jour précédent, sujet à une de mes asthénies coutumières, j'avais passé la journée à déprimer au lit. Rideaux fermés. Du reste, cela n'avait pas été aisé de cafarder tranquille : tout le monde avait décidé de m'emmerder. Un ami avait trompé, avec son ex, son amoureuse actuelle à qui il avait fallu que je remonte le moral. Un autre avait reçu le verdict de son éditeur au sujet d'un manuscrit sur lequel il avait travaillé des mois ; il avait plein de choses à reprendre. Un autre m'avait envoyé un texte à lire dans lequel il racontait qu'il était tombé amoureux, pour la première fois de sa vie, d'un homme. On ne voulait donc pas me laisser broyer du noir tranquille. Bref, enfoncé dans mon lit, je n'avais rien vu des manœuvres de repêchage qui s'étaient déroulées sous mes fenêtres. Pour une fois qu'il se passait quelque chose dans mon quotidien… Si mon oncle a pris peur, c'est qu'il sait que je n'ai pas trop le moral en ce moment. Je pense pas mal à la mort. Mais je ne peux pas ; j'ai acheté mon billet pour Rome. Et puis, je n'ai pas encore résolu une question essentielle : j'hésite sur le devenir de mon corps, une fois le dernier souffle rendu (à qui ?). Incinération ou inhumation, c'est le dernier choix qu'il me reste dans la vie. Ne pas le rater. Disperser mes cendres dans l'Erdre, cette rivière qui a jalonné mon parcours terrestre ? L'idée me plaît beaucoup. Mais je me priverais ainsi du plaisir de distraire les visiteurs de cimetières, lors des froids dimanches automnaux où ils iront fleurir la tombe de leurs aïeuls. Car oui, je me suis trouvé une épitaphe susceptible d'amuser ces pauvres gens : *Enfin il a fait son trou.* Même si, à six pieds sous terre, je ne pourrai pas voir leurs réactions, pour une fois j'aurai un public. Au moins le jour de la Toussaint. Et puis un enterrement, c'est marrant. On te sermonne durant une heure que ce n'est pas trop grave si tu meurs car le Dieu vivant, dans son infinie miséricorde, t'ouvrira les portes de son paradis à toi pauvre pécheur. Tu te fais bien chier sur cette terre à attendre que ça passe pour qu'ensuite ce soit enfin cool, en résumé. J'ai détaché un Post-it® du frigo. *Préparer ma valise*, c'est fait.

CHAPITRE II

– Jean-Paul Deux –

Rome. Je n'y avais pas mis les pieds depuis l'adolescence et une semaine pascale passée en compagnie de Jean-Paul II. Mon père avait obtenu des places aux premiers rangs pour les offices de la basilique Saint-Pierre et j'avais passé trois jours au Vatican. En parlant de pape, j'ai beaucoup d'empathie pour ce malheureux Jean-Paul Deux, habitant au 226, rue Rossini à Nice, dont la vie a basculé le 16 octobre 1978 lorsque le cardinal polonais Karol

Wojtyła a été élu 264e souverain pontife de l'Église catholique sous le nom de « Jean-Paul II ». J'ignore si ce M. Deux croit au paradis ; depuis quarante ans il sait au moins que l'enfer existe. « EDF, Jacqueline Durand, bonjour. Que puis-je faire pour vous ? – Bonjour madame, je vous appelle parce que mon compteur électrique ne fonctionne plus. – Bien, nous allons regarder ça ensemble. Votre nom, s'il vous plaît ? – Deux. – "Deux" ? Non, je vous demande votre nom... – Deux, Jean-Paul. – Jean-Paul Deux ? Un peu de sérieux, monsieur. Si vous croyez que j'ai que ça à faire... Déjà qu'on veut nous délocaliser au Maroc, alors si en plus on se fout de ma gueule, franchement ça ne me... – Mais je vous jure que c'est mon nom. – Oui, c'est ça, et moi je suis Marie-Antoinette. – Tuuuuuuut... »

Rome je disais donc, je n'y étais pas retourné depuis trente ans. À ma sortie de l'aéroport Fiumicino, un type se jette sur moi devant l'allée réservée aux taxis. « *I finish the job ! Fourty euros to go to Rome ! You can smoke in my car.* » Ce qui signifie, dans les grandes lignes, qu'il me consent un prix pour rallier le centre-ville à moins cher que les taxis officiels et qu'en plus je peux fumer dans sa voiture. J'accepte, la perspective de pouvoir m'en griller une durant le trajet m'ayant convaincu.

Pierluca, prénom qui figure sur la carte de visite qu'il me tend pour que je fasse appel à lui à mon retour, parle vite. Je ne comprends rien à son mélange d'italien et d'anglais, à l'exception de ce « *I finish the job* » qu'il répète en boucle. Il me laisse rue Lungotevere dei Mellini, où habite le cousin de ma grand-mère. Sis au bord du Tibre, l'édifice est majestueux. J'aurai toujours vue sur un cours d'eau, mais ça va assurément me changer de la péniche. Quand la porte massive s'ouvre, je me trouve dans un hall immense qui donne sur un patio. L'ascenseur aux battants en bois que je manque de me prendre dans la figure me mène au sixième étage. Antonio de Martini m'ouvre avec un grand sourire, *benvenuto*.

– Faire –

Tu ? Vous ? Nous optons vite pour le tutoiement, les liens de cousinage dépassant la légitime politesse qui voudrait qu'une personne de quarante-quatre ans en vouvoie une de soixante-dix-neuf. Oui, Antonio a soixante-dix-neuf ans, mais il ne les fait pas. Je me permets d'ailleurs une parenthèse au sujet de cette construction bizarre de la langue française. Il ne les fait pas, c'est stupide. On fait la cuisine, on fait l'amour (enfin, quand on peut; me concernant ça se compte sur les doigts d'un doigt en ce moment), mais comment peut-on faire ou ne pas faire soixante-dix-neuf ans ? C'est complètement idiot. Tiens hop, je vais faire soixante-dix-neuf ans. Oh puis non, je n'ai plus envie. C'est comme l'expression « Je n'ai pas une minute à moi », ça m'énerve. « Pas une minute à moi », ça ne veut rien dire. Qu'est-ce que ce serait si certaines minutes étaient à moi et d'autres à toi ou à Jean-Patrick? C'est comme si je marche dans la rue et là je croise un type qui me dit : « Oh la la j'ai plus une minute à moi. » Alors au type je lui demande : « Bah qu'est-ce que vous en avez fait? » Et là, le type il me répond : « Je suis parti de chez moi à la dernière minute. J'ai dû les oublier là-bas. » « Vous avez regardé dans votre veste? », que je lui demande. Alors le type il me dit : « Laissez-moi une minute, je vais regarder. » Alors le type, il fouille dans sa veste. Sa poche droite, rien. Sa poche gauche, rien. Effectivement, plus une minute à lui. Mais qu'est-ce que je raconte moi? Hier soir, j'ai un peu forcé sur le Martini (pas mon cousin, la boisson) et voilà que je me mets à *faire* du Devos.

Bref, reprenons. Antonio me présente Alessandra, sa compagne, qui correspond en tout point à l'image que je me fais des Italiennes. Classes et distinguées. Nous nous installons sur le canapé du salon, place qu'il faudra quitter à 15 heures, m'avertit Antonio, Alessandra souhaitant regarder le match de football diffusé sur la chaîne Sky. Ah ? Ta compagne aime le foot ? Elle est supportrice de quel club : la Lazio ou l'AS Roma ? « Si tu ne veux pas dormir à la belle étoile, me réplique Antonio, il vaut mieux que tu ne prononces jamais le mot "Lazio" dans cette maison… » Durant une heure, nous échangeons sur nos vies respectives. Antonio m'explique qu'après des débuts dans l'armée, comme son père, il a bifurqué vers « la stimulation de vente », d'abord pour le compte d'une entreprise américaine, puis en créant une agence qu'il a dirigée durant quarante ans. Il m'interroge ensuite sur Juliette, sa cousine ; je lui raconte ma grand-mère, nos repas, son décès. Puis nous effectuons une visite de l'appartement et Antonio me montre quelques-uns des cadres accrochés aux murs. Ici une photo encadrée de son père Francesco en habits militaires, là un immense tableau où le peintre espagnol Alejo Vidal-Quadras a représenté son oncle, Umberto de Martini. Le sujet Francesco s'immisce dans la conversation et Antonio extrait d'un grand sac des albums photos que je feuillette avec émerveillement. Je ne me doutais pas que mon cousin disposait d'autant d'iconographie pour illustrer ses propos. Très vite, je l'interromps : mettons-nous à une table afin que je consigne sur ordinateur tout ce que tu me racontes. Nous repassons devant Alessandra, qui ne nous voit plus, concentrée qu'elle est devant son poste de télévision, et prenons place à l'autre bout du salon. Les séances de travail peuvent commencer.

– Mahomet gardien de cochons –

Bon, là il faut s'accrocher car il va y avoir des Antonio et des Francesco à toutes les lignes et ce ne seront pas les mêmes à chaque fois. Chez les de Martini, on a en effet pris l'habitude (et cela ne me facilite pas la tâche) d'alterner entre ces deux prénoms à chaque génération. Ainsi, le grand-père d'Antonio s'appelle Antonio. Et son fils se nomme Francesco, comme le fils d'Antonio (mon cousin, pas l'aïeul). Peut-être faudrait-il, pour une meilleure compréhension de ce chapitre, que je fasse comme pour les papes : Antonio I et Antonio II, Francesco I et Francesco II. Antonio I, le grand-père d'Antonio II donc, est veuf et a deux filles. Lorsqu'il s'installe à Damas, en Syrie, pour assurer la comptabilité de la DHP (Société ottomane du chemin de fer Damas-Hamah et Prolongements), il cherche une baby-sitter pour s'occuper de sa progéniture. Le tenancier de l'hôtel où il est logé lui recommande une de ses filles, Sofia Mokadié, âgée de dix-huit ans. « Moadié ? » Je demande à mon cousin pourquoi il ne prononce pas le *k*. « Plus tu es oriental, moins tu prononces le *k*, m'explique Antonio II qui parle arabe couramment. Et plus tu vas vers le Maroc, plus l'accent bouge » (elle va en chier, Jacqueline Durand de chez EDF). Et Antonio II de reprendre son récit. Sofia commence donc comme baby-sitter auprès d'Antonio I, avant de terminer dans son lit. Pour la famille, il s'agit d'une mésalliance. Une mésalliance qui, comme le dira plus tard Umberto avec ironie, accouchera quand même de cinq enfants. Le premier fruit de cette union s'appelle Maria ; c'est mon arrière-grand-mère, la mère de Juliette (je ne sais pas si tout le monde suit). Francesco I survient en deuxième, le 9 août 1903. Maria en est jalouse : comme avec mon histoire de *tastouze* évoquée plus haut, il s'agit d'un mâle et les attentions se reportent sur lui plus que sur elle. Le 29 septembre 1911, le royaume d'Italie déclare la guerre à l'Empire ottoman, conflit qui durera jusqu'en octobre 1912, et tous les ressortissants italiens vivant à Damas sont expulsés vers un camp de concentration à Deir ez-Zor, à quatre cent cinquante kilomètres de là. Paradoxalement, Francesco I racontera à son fils Antonio II avoir passé là-bas les plus belles années de sa vie, se remémorant avec nostalgie les déjeuners en compagnie de toute la famille réunie. Le petit Francesco I, qui n'a pas beaucoup d'appétence pour les études, fugue à l'adolescence. Il quitte ainsi le National College, un établissement de Beyrouth administré par des Écossaises, pour intégrer une tribu de Bédouins au sein de laquelle il vit deux ans.

« Les Bédouins le traitaient bien, raconte Antonio II. Mais ils se foutaient de lui car il était chrétien. Une sous-espèce… Mon père apprit leur langage, leur mentalité. Un jour, il choqua le chef de la tribu en lui racontant un de ses rêves dans lequel le prophète Mahomet était gardien de cochons. Il savait qu'on ne lui dirait rien car les Arabes avaient un grand respect pour les rêves, qu'ils jugeaient inspirés par Dieu. »

Je n'écoute plus Antonio II, perturbé par les cris de sa compagne qui frappe son téléviseur en hurlant « *Che cazzo !* » (dont je laisse à chacun la liberté de chercher la traduction sur Google). Son décodeur a eu la mauvaise idée de tomber en panne en plein pendant le match Atalanta Bergame contre l'AS Roma, ce qui rend folle Alessandra. Furieuse, elle quitte le salon pour écouter le match à la radio dans sa chambre. « Où en étions-nous ? Ah oui, le chef de la tribu qui dit à mon père que son rêve lui donne du chagrin et qu'il l'emmerde avec ses trucs de chrétien... », reprend Antonio II.

C'est bizarre, ces histoires de rêve. J'en ai fait un il y a deux nuits dont le réalisme m'a glacé : je me rendais contre mon gré à mon propre mariage. Cet épisode de ma vie était pourtant loin derrière moi. Sept ans que je suis divorcé. À mon réveil, ouf ce n'était qu'un rêve, m'est revenu un souvenir d'avant la cérémonie. La vraie. Le matin, en revenant de chez le coiffeur, je m'étais arrêté dans un des nombreux casinos qui pullulent à Tacna, cette petite ville du Pérou d'où était originaire mon ancienne compagne. Je m'étais assis devant une machine à sous, on m'avait proposé un whisky – là-bas, on offre à boire pour que le client joue davantage à mesure que l'alcool produit ses effets désinhibiteurs – et puis j'avais tiré sur le manche bêtement, sans doute une cinquantaine de fois. Oh je ne dépensais pas grand-chose, quelques soles, la monnaie locale, mais je ne pensais à rien d'autre qu'aligner trois grappes de cerises sur l'écran en face de moi. Deux citrons un Sept, deux cerises un Bar, *¿ otro whisky ? no gracias ya tomé bastante*, trois citrons, cool. Temps suspendu. Et puis l'heure tournant, il fallut arrêter. Et y aller. Je ne devrais pas raconter des choses pareilles. Ou alors il faudrait que ce soit le point de départ d'une pièce de théâtre. Un type en redingote, assis devant un bandit manchot, qui discute avec le serveur du casino, une heure avant son mariage. Un truc à la Beckett : *En attendant le gros lot*. Je ne sais plus de quoi on parlait. Mais c'est de la faute d'Alessandra avec son football, elle m'a déconcentré. Oui, donc, Francesco I. Enfant, il tombe en admiration devant un officier allemand en costume militaire et sa vision de l'armée est féérique. Il quitte ainsi les Bédouins lorsqu'il croise un régiment anglais. Les Britanniques lui proposent en effet de devenir interprète, puisqu'il parle arabe.

« Entre-temps, mon grand-père avait activé son réseau de cheminots, disséminé dans toute la région, pour remettre la main sur son fils. Quand le régiment arrive dans le Nord-Ouest de la Syrie, un type qui travaille à la gare d'Alep avertit mon grand-père : "Ton fils est ici". Mon grand-père finit par attraper mon père, lui pose un revolver sur la tempe et lui dit : "Si tu veux prendre la fuite, vas-y". C'est comme ça que mon père accepte de retourner à l'école. Il a dix-sept ans. Petite pause ? Tu veux un café, Sylvain ? »

– Trois partout –

« Tu ne prends pas de sucre ? – Non merci, Antonio. – Ça en revanche, tu veux bien ? », me demande avec malice mon cousin en posant un sachet de dattes à côté de ma tasse de café. Je n'ai pas pour habitude de manger ce fruit, surtout quand je tape à l'ordinateur, trop peur que certaines touches du clavier restent accrochées à mes doigts poisseux, mais j'accepte pour lui être agréable. Je rince tant bien que mal mes doigts dans mon verre d'eau pétillante et nous reprenons.

« Alors où j'en étais ? Ah oui, en 1923, mon père décide de faire son service militaire. Avec un ami arménien, il projette de se rendre en Italie pour l'effectuer là-bas, puis ils monteraient ensemble un commerce en Iran pour faire fortune. Le gars a fait fortune, il a fini à San Diego aux États-Unis, mais pas mon père… »

Originaire de la région des Pouilles, Francesco se présente au district militaire de Bari le 24 novembre 1923. Durant la traversée, il reçoit un télégramme sur le bateau lui apprenant le décès de son père (l'avantage pour moi, c'est que je n'ai plus à mettre

Antonio I ou Antonio II, on ne reparlera plus du premier). À Bari, Francesco ne connaît personne et, ayant vécu au Moyen-Orient les vingt premières années de sa vie, il parle très mal italien. Il effectue la visite militaire ; on le retient. Un type costaud, mesurant un mètre quatre-vingt-deux, cela ne court pas les rues à cette époque, ou alors ça les court vite et c'est pour ça qu'on ne les voit pas. De plus, Francesco est titulaire du permis de conduire, ce qui est rare en 1923.

« Lors de l'entretien, le militaire lui demande s'il veut intégrer les *carabinieri*. Mon père ne sait évidemment pas de quoi il s'agit. Derrière la table de la commission, un type passant le balai lui fait de grands gestes pour lui signifier que non non non. Par intuition, mon père suit les conseils du militaire-balayeur et répond par la négative. Le capitaine est vexé : mais pourquoi ? Je ne sais pas, mais je ne veux pas… Il est alors décidé de l'envoyer à Rome, où est constitué le premier régiment de tanks. C'est comme ça qu'il s'est retrouvé à Forte Tiburtino, à douze kilomètres de la capitale italienne. »

Quand ma grand-mère m'avait parlé de la Fiat 3000 que conduisait son oncle, j'étais loin d'imaginer qu'il s'agissait d'un véhicule de guerre. Pour moi, ce nom renvoyait à la petite Fiat Panda que je conduisais au sortir de l'adolescence et que j'avais d'ailleurs lamentablement scratchée en effectuant une marche arrière contre une voiture qui arrivait lancée à cinquante kilomètres à l'heure. Non, Fiat 3000, c'était le nom donné aux premiers chars d'assaut mis en service en Italie à compter de 1921. Ce véhicule de combat était inspiré du char Renault FT, conçu en 1916 par les Français et qui fit des ravages durant la Première Guerre mondiale. En 1923, dans ce régiment en constitution de Forte Tiburtino, il n'y avait qu'un seul tank. Qui ne fonctionnait pas.

« Mon père n'avait rien à foutre de ses journées, m'explique Antonio en roulant bien le *r* sur le mot *foutre*. Il s'est mis à trifouiller dans les entrailles du tank et, au bout de deux ou trois jours, il a réussi à le démarrer. Autour de lui, les vingt gusses qui ne faisaient rien d'autre que le regarder bosser, ont pris la fuite quand l'engin a démarré. Tu ne reprends pas de datte ? »

Alessandra passe devant nous dépitée. L'AS Roma n'a pas réussi à battre l'Atalanta Bergame, trois partout. Il vaudra mieux éviter de parler football au dîner. Du reste, le sujet sera à peine évoqué, le fils d'Antonio, Francesco (oui, encore un), étant invité pour que nous fassions connaissance. Antonio me prévient : Francesco II n'est pas très en forme. Une déconvenue amoureuse l'a anéanti. Je pensais figurer en haut du podium en matière de dépression avec mes fréquentes asthénies, mais je m'aperçois dès l'arrivée du fiston que je ne suis qu'un petit joueur. Francesco II est éteint, la tristesse se lit dans chacun de ses gestes. Le dîner se déroule en trois langues : français qu'Alessandra comprend bien mais parle peu, espagnol que Francesco baragouine, et italien, avec Antonio pour interprète. Le vin italien servi à table égaie malgré tout les conversations. Nous raccompagnons ensuite en voiture Francesco II à son domicile, l'occasion pour moi de découvrir de nuit la ville aux sept collines.

– Petit-bourgeois –

« Tu veux le Pulitzer tout de suite ou tu m'accompagnes en balade ? » Alors que je suis affairé à remettre en ordre mes notes de la veille, Antonio me propose une visite de Rome, que j'accepte bien volontiers. Et nous voilà partis, bras dessus bras dessous (et ce n'est pas qu'une expression), dans les rues de la capitale. Étudiant, Antonio a joué au guide touristique ; il connaît la ville mieux que personne. Souvent, nous stoppons notre marche pour qu'il me raconte des anecdotes sur tel ou tel monument que nous croisons sur notre chemin. « Avec ce boulot, je gagnais plus que mon père : 500 dollars par jour. D'une, j'étais rémunéré pour la visite. De deux, je touchais 30 % de ce que mes clients achetaient dans les boutiques où je les emmenais. Et le soir, je couchais avec la fille du couple... » Antonio est un vrai Casanova. Il n'hésite pas à accoster trois (très) jeunes filles qui contemplent un monument pour leur en retracer l'histoire. « Tu vois, c'est facile de draguer... », qu'il me sort avec un sourire complice lorsque nous quittons les petites touristes. Oui, mais là Antonio, elles étaient vraiment trop jeunes pour moi. « Ah ? Pour moi, non... Tu ne dis pas ça à Alessandra, sinon elle me tue. » Durant le trajet, nous en profitons pour faire connaissance. La veille, nous sommes d'emblée entrés dans le vif du sujet « Francesco de Martini », mais nous avons peu parlé de nos vies personnelles. Je lui explique que j'ai démissionné d'un poste à Paris et que je vis désormais sur une péniche, au confort incertain, mais je suis heureux comme cela. Antonio, lui, me raconte les différentes activités qui ont jalonné sa carrière. En plus de son agence, il s'est occupé un temps d'une chaîne de télévision privée. « De six heures à midi, je gérais mon entreprise, puis, de quatorze heures à minuit, je dirigeais ma télé. C'était passionnant. Mais j'ai un regret aujourd'hui : je ne me suis pas assez consacré à mon fils. »

Dans les années 2000, il a aussi accepté une mission confiée par le ministère des Affaires étrangères. « *Lusingato*... *Lusingato*... Comment je pourrais te traduire ça ? Je ne retrouve pas le mot en français... Tu te rappelles la fable de La Fontaine avec le corbeau et le renard ? Eh bien j'étais comme le corbeau quand on est venu me solliciter. – Tu veux dire "flatté" ? – Oui, c'est ça. Un type du ministère est venu me proposer une mission en lien avec l'Israël, comme secrétaire général des rapports avec la FAO, l'organisation des Nations unies pour l'alimentation et l'agriculture, et, comme j'étais flatté, j'ai accepté. Cette mission a duré un an et demi, mais j'en ai eu marre de subir des incapables et j'ai démissionné. »

Antonio me parle ensuite de son blog, *Il Corriere de la colera*, nom qu'il a emprunté à Michel Debré, l'ancien Premier ministre de Charles de Gaulle. Sur ce site, il a publié mille deux cents articles sur la géopolitique au Moyen-Orient.

« Figure-toi que j'ai eu plus d'un million de connexions. Mon expertise était reconnue car j'annonçais des événements avant qu'ils ne se produisent. La tentative de coup d'État contre Recep Tayyip Erdoğan en 2016, je l'avais prédite un an avant par exemple. Je m'étais juste planté de quelques jours car je n'avais pas calculé le décalage du ramadan. »

Nous arrivons aux abords de la basilique Saint-Pierre, berceau du catholicisme, et je demande à Antonio s'il est croyant. « Je suis "demartiniste". Je crois en mes aïeuls. » C'est alors qu'il se met à grêler. « Ne t'inquiète pas. Les Sri Lankais sortent comme des moineaux quand c'est comme ça. » À peine a-t-il achevé sa phrase que des nuées de vendeurs de parapluies affleurent de tous les coins de rue. Nous en hélons un, je sors 10 euros, puis nous poursuivons notre route. La grêle redouble d'intensité et, quelques rues plus loin, Antonio attrape un taxi pour m'emmener visiter les catacombes de la basilique Saint-Clément-du-Latran. De la conversation qu'il engage avec le chauffeur, je saisis qu'elles ne sont pas ouvertes au public en ce moment. Pas grave, laissez-nous quand même devant, nous visiterons au moins l'église. Le chauffeur, qui a senti qu'il trimbalait un pigeon de touriste français, nous a menti : les catacombes se visitent et Antonio achète deux tickets. « Nous avons jusqu'à midi… », me dit mon cousin alors que nous descendons les premières marches. Antonio, il est déjà midi moins cinq... « Mince, je me suis fait avoir... Quitte à me faire enculer, je préfère que ce soit par une femme. » Nous arpentons les différents couloirs, mais un lieu, et ce que m'en raconte Antonio, retient particulièrement mon attention : le mithraeum. Dans ce sanctuaire, se réunissaient les adeptes de Mithra, divinité apparue deux mille ans avant Jésus Christ et dont le culte monothéiste fut formellement interdit en 391 par Théodose qui édicta le christianisme comme religion « officielle et unique » de l'Empire. La visite achevée (nous avons largement dépassé l'horaire), j'invite Antonio à déjeuner. Il me conduit dans un restaurant toscan où il a ses habitudes. Nous nous enfilons cinq cents grammes de viande chacun, accompagnés de frites et légumes. À la fin du repas, la boîte e-mail de son téléphone lui indique qu'il a reçu un message. C'est son médecin, qui lui envoie la liste des aliments qu'il a le droit de manger. Victime d'un double infarctus, Antonio est supposé se soumettre à un régime strict. Il repose son téléphone sur la table. « C'est bon, j'ai au moins le droit de boire de l'eau... » Je me lève pour régler l'addition, Antonio fait de grands gestes de réprobation en direction du restaurateur et tend sa carte bleue. « Tu as fait le choix de la non-consommation, mais tu as encore des réflexes de petit-bourgeois. Ici, tu es mon invité. » Soit. Retournons travailler.

– L'important, c'est de vérifier –

Forte Tiburtino, donc. Francesco de Martini répare un tank, mon ordinateur indique que nous en sommes restés là. Antonio reprend. Et commence par évoquer Nene, la fille du lieutenant-colonel à qui Francesco a tapé dans l'œil. Plusieurs femmes jalonnent ce récit ; l'arrière-grand-oncle était un séducteur. C'est marrant parce qu'autant l'épique, le romanesque, tout ça, c'est vraiment un truc qui me caractérise, autant côté drague je ne peux pas dire que j'ai hérité de mon aïeul. Le gars, il arrive dans une caserne remplie de mecs et paf, la seule fille de la garnison, c'est lui qui la séduit. Moi, c'est pas trop ça. Avant d'intéresser une femme, faut vraiment que je sorte l'artillerie lourde, et sans costume militaire. Certainement pour ça qu'à mon âge je vis seul sur un bateau. Et sans muse. Enfin pas tout à fait seul, j'ai en permanence ces gros cons de canards qui paradent en couple devant moi. Et je ne parle pas de mes voisins de ponton. Enfin si, je vais en parler, je peux plus les blairer. Ils m'énervent à se bécoter tout le temps. Je passe mes nuits tout seul et eux ils sortent de leur bateau pépères, tranquilles, main dans la main, et vas-y que je t'embrasse dans le cou, et puis après sur la joue, et vas-y que ça rigole bêtement oh oh oh. Ils me narguent. Ils le savent pourtant, Isabeeeeelle et Christoooophe, que je vis seul. Devant moi, ils pourraient éviter. Le pire, c'est qu'ils sont sympas, toujours prêts à rendre service, tolérants même quand des amis débarquent tard le soir sur mon bateau. À part ce bonheur dégoûtant qu'ils affichent sous mon nez (et même à travers la fenêtre éclairée de leur bateau le soir), je n'ai rien à leur reprocher. Parfois, j'ai envie d'interrompre leurs ébats, vous pourriez me dépanner d'un peu de moutarde ? J'ai remarqué que le matin ils partaient travailler vers 8 heures. Désormais, je tire les rideaux avant leur passage. Revenons au Tonton, c'est plus intéressant. Nene a donc repéré Francesco. Le lieutenant-colonel aussi, qui embauche une dame pour chaperonner sa fille et surveiller chacun de ses déplacements. En 1927, le gouvernement italien décide d'offrir une Fiat 3000 au prince héritier d'Éthiopie. Bien sûr, il faut envoyer quelqu'un avec le tank. Francesco, qu'on surnomme « *Turco* » (*le Turc*) puisqu'il vient des pays arabes et qu'il ne parle pas bien italien, est naturellement préposé à cette mission, d'autant que son exil arrange bien le colonel qui peut ainsi se débarrasser de l'encombrant prétendant de sa fille. Entre-temps, de Martini est devenu sergent, puis sergent-major. Antonio extrait du sac rempli de photos un portrait de Lij Iyasu, empereur d'Éthiopie du 12 décembre 1913 au 27 septembre 1916. « C'est un cliché très rare, d'une grande valeur. Lij Iyasu était chrétien. Pour le chasser, ses détracteurs ont fait circuler un montage photo dans lequel ils l'avaient habillé en musulman. » Incroyable d'apprendre que les *fake news* avaient déjà cours un siècle avant l'avènement d'Internet... Après la destitution de Lij Iyasu en 1916, sa tante Zewditou est couronnée impératrice, ouvrant la porte à l'accession au trône de son fils, le Ras Tafari Maekonnen, qui deviendra Haïlé Selassié en 1930. Avant d'expédier le cadeau en Éthiopie, on lui envoie une photo de la Fiat 3000, devant laquelle pose Francesco. Le Ras Tafari aurait dit : « Donnez-moi un guerrier comme celui-là. » J'écris *aurait dit*, car personne ne peut le confirmer. Il faut toujours se méfier avec les personnages historiques. On leur attribue parfois certaines citations sans en contrôler la véracité. Ainsi du « L'important, c'est de participer » assigné à Pierre de Coubertin. En vérité, le fondateur du Comité international olympique ne fit que paraphraser l'évêque de Pennsylvanie Ethelbert Talbot, qui déclara le 19 juillet 1908, au cours des Jeux de la IVe olympiade à Londres : « Le plus important aux Jeux olympiques n'est pas de gagner mais de participer, car l'important dans la vie ce n'est point le triomphe mais le combat ; l'essentiel, ce n'est pas d'avoir vaincu mais de s'être bien battu ». Je ne suis pas dans une forme olympique aujourd'hui et on dira que je me suis assez battu pour ce matin : j'arrête d'écrire. L'important pour un auteur, c'est la ligne de départ. Ça, c'est de moi. Le premier qui me plagie, je lui pète la gueule. Tout Coubertin qu'il soit.

– Coup d'éclat –

Certains jours, le démarrage est laborieux. On a beau retourner dans tous les sens verbes, adverbes, virgules et autres conjonctions de coordination, ça ne sort pas. Comme ce matin. Mes phrases ne sont pas en forme. Pourtant je dois. Alors, où j'en suis… Ah oui, Francesco de Martini rejoint l'Éthiopie, avec pour mission d'entraîner les hommes du Ras Tafari au maniement du tank. Donc on l'installe dans une belle villa, avec deux esclaves à son service.

« Chaque matin, il rend visite au chambellan du prince héritier pour s'étonner qu'on ne lui donne rien à faire. "Vous n'êtes pas confortable ? Vous voulez un autre esclave ? Vous voulez un cheval ?", lui répond-on. Francesco profite au moins de son séjour pour apprendre la langue locale : l'amharique. Chaque jour, le chambellan lui fait porter des cadeaux par l'entremise du même esclave, jusqu'au jour où se présente un autre type. "Le Ras Tafari demande que vous veniez au palais impérial. Et pas la peine de venir armé." Mon père sent l'entourloupe et envoie un de ses serviteurs vérifier ce qu'il se passe. "Il y a un combat", dit l'esclave à son retour. Le chef de la garde impériale a en effet fomenté un coup d'État. Francesco saute dans son tank, se rend au palais, défonce le portail, embarque le Ras Tafari à l'intérieur du véhicule et le sauve. » Mais c'est une véritable scène de film, dis-je au cousin de ma grand-mère. « Bah oui, mais c'est réellement comme ça que ça s'est passé… Ensuite, le Ras Tafari lui donne la place du type destitué et le nomme ainsi chef de la garde impériale. Il s'est dit que, puisque mon père était blanc, il ne pourrait pas régner et donc qu'il n'avait aucun intérêt à lui piquer sa place. »

Je ne m'en remets pas. Me revient à l'esprit ce déjeuner avec ma grand-mère où elle me parlait de son oncle « chauffeur du négus ». Elle n'avait pas tout capté Mémé. D'autant qu'il n'était pas que « chef de la garde impériale » d'Haïlé Sélassié... (mon logiciel de traitement, alors que je m'efforce de prendre en note le plus vite possible chaque mot d'Antonio, commence à m'énerver : il me corrige systématiquement *Sélassié* par *Délaissé*).

« Francesco est devenu le précepteur des deux fils d'Haïlé Sélassié : le prince Asfaw Wossen et le prince Makonnen. C'est lui qui les éduquait, qui leur apprenait à monter à cheval, à tirer, etc. Mon père était tous les jours avec l'empereur, ils étaient devenus très amis. » On s'accorde une pause Antonio, s'il te plaît ? Je n'ai pas pris option sténodactylo au bac et j'ai les doigts qui surchauffent. Et puis, ce ne serait pas l'heure de l'apéro ?

– Vieux chien gentil –

Avant mon départ pour Rome, un ami est venu sur le bateau m'apporter une terrine de sa fabrication et *Dans les forêts de Sibérie* de Sylvain Tesson, tu te lances dans un récit de voyage faut que tu lises ça. J'ai dévoré le premier cadeau en une soirée. Le deuxième, plus de mal. Je suis au lit, dans la chambre d'ami qui, avec sa salle de bains intégrée, fait la taille de mon bateau, le dîner a encore une fois été succulent, et je tente pour la énième fois d'avancer dans ma lecture. Mais Tesson est brillant, c'est un scandale d'écrire aussi bien. Tiens, quatre lignes : *L'homme libre possède le temps. L'homme qui maîtrise l'espace est simplement puissant. En ville, les minutes, les heures, les années nous échappent. Dans la cabane, le temps se calme. Il se couche à vos pieds en vieux chien gentil et, soudain, on ne sait même plus qu'il est là. Je suis libre parce que mes jours le sont.*

Je referme l'ouvrage, il m'énerve. Comment peut-on oser soi-même écrire quand on passe après ça ? La seule chose que j'ai en commun avec ce type, c'est le prénom. Pourtant, j'aimerais gagner ma vie avec l'écriture, non plus avec ces articles débités à la chaîne depuis de trop nombreuses années. Malgré quelques tentatives, notamment une pièce de théâtre jouée sur le plateau d'une scène nationale, je n'ai pas réussi à franchir le pas. Eh oh tu devrais m'écouter c'est génial ce que je raconte, je n'y arrive pas. Sur le sujet, on n'est pas tous ego. Ma crise de la quarantaine a directement découlé de ce tiraillement : pourquoi me suis-je empêtré dans les compromis et la routine quotidienne alors que je mais où est ce foutu interrupteur j'aimerais bien parvenir à dormir un jour.

– Zannabech –

« Ce matin, je vais t'enseigner des techniques d'espionnage : ça te servira pour tes fictions. » Le programme dressé par Antonio est intrigant et me renvoie à l'e-mail de Maryse qui qualifiait Francesco de « James Bond d'un autre temps ».

« Le gouvernement italien, qui veut s'emparer de l'Éthiopie, envoie dans ce but un attaché militaire à l'ambassade d'Italie à Addis-Abeba : le colonel Vittorio Ruggero. Celui-ci conçoit en six mois son plan de conquête et saisit très vite l'intérêt d'avoir un compatriote à la tête de la garde impériale. Mon père, qui fréquente l'empereur et tous ses ministres, peut lui être très utile. Ruggero le sollicite et c'est ainsi que commence la carrière d'espion de mon père. Mais la situation politique entre l'Italie et l'Éthiopie devient si compliquée qu'Haïlé Sélassié est contraint de licencier Francesco. À contrecœur, car, comme je te l'ai dit hier, ils étaient devenus amis... Mon père reste cependant à Addis-Abeba. Il a trente-trois ans et commence à coucher avec ma mère, qui en a vingt. Elle lui demande de l'épouser. Ma mère s'appelait Neyra. Sa famille venait du Caucase, du Daghestan plus exactement. »

Antonio s'interrompt alors pour parcourir le compte Facebook de son téléphone et finit par me retrouver la photo d'une parente à lui du Caucase. Une bombe, sorte de Monica Bellucci mâtinée de Penélope Cruz, mais en plus belle. « Eh eh, je compte bien aller faire un petit tour là-bas… » Je t'accompagne, je lui réponds, c'est important pour mon bouquin que je rencontre ta famille. Il pose un doigt sur sa bouche pour m'intimer l'ordre de parler moins fort. Complices dans l'infraction, tiens ça me rappelle mon grand-père. Antonio reprend le récit. « Ces réfugiés disposaient d'un passeport de la Société des Nations, le "passeport Nansen". » Un bref coup d'œil sur Google – heureusement qu'ils ont bien bossé dans leur garage, Larry Page et Sergey Brin, les créateurs du moteur de recherche, je ne sais pas ce que je ferais sans eux – m'indique que le passeport Nansen était le document d'identité reconnu par de nombreux États, entre 1922 et 1945, pour permettre aux réfugiés apatrides de se déplacer.

Francesco doit se rendre en Érythrée afin d'y retrouver Vittorio Ruggero, nommé entre-temps chef du bureau politique du commandement supérieur militaire de l'Afrique orientale italienne. Sur l'honneur, il jure à Neyra qu'il l'épousera à son retour s'il réussit son expédition. « Il se disait qu'il allait ainsi se débarrasser de l'emmerdeuse, rigole Antonio en parlant de sa mère. Hélas, il a réussi, et je vais te raconter comment... » Francesco de Martini était un fin stratège. Son plan avait été calculé dans les moindres détails. *Son plan avait été calculé dans les moindres détails*, je n'aurais jamais pensé écrire un jour ce genre de phrase... Ce n'est pas trop mon truc les histoires d'espionnage. Dans mes textes précédents, j'ai plutôt narré la vie d'un adolescent qui monte une secte ou celle d'un schizophrène interné à la suite d'un accident de voiture. Des histoires de types dépressifs, comme me reprochait ma grand-mère. Mais allons-y puisqu'on y est... Pendant des semaines, Francesco de Martini se rend donc, tous les jours à la même heure, au café de la gare d'Addis-Abeba, de manière à passer pour un habitué et à endormir les éventuels soupçons à son encontre. Le jour où il considère qu'il est devenu un vrai pilier de comptoir aux yeux de tous, il organise un dîner à son domicile où il convie le ministre de l'Intérieur, celui de la Défense nationale et le chef des gendarmes (Grand-Tonton avait le bras long).

« Mon père avait une servante, Zannabech... », m'explique Antonio qui, d'un arrondi de la main, me signifie que la dame bénéficiait d'une généreuse poitrine. « Zannabech, je l'ai vue en 1971 : c'était encore une belle femme, avec de beaux yeux verts. C'était le portrait en noir de Sofia Loren. Si je l'ai rencontrée, c'est parce que mon père m'avait confié la mission de la retrouver lors d'un de mes voyages professionnels à Addis-Abeba. Je devais lui donner 400 dollars. Figure-toi que dans une ville de trois millions d'habitants, en quelques coups de fil à droite à gauche, j'ai réussi à remettre la main sur elle. Tout de suite, elle m'a sorti : "Comment va le patron ?" Elle a refusé que je lui laisse l'argent. Je lui ai répondu que je ne pouvais pas retourner en Italie sans qu'elle ait pris les sous. "Si tu n'en veux pas, jette-les par la fenêtre, mais ce ne sera pas moi qui le ferai". »

Où on en était ? Ah oui, Francesco de Martini est au café de la gare et, en parallèle, il a invité toutes les huiles de la ville pour lesquelles il a préparé des cadeaux. Il briefe sa servante : « Tu leur expliques que je suis parti au Gebi, le palais impérial, tu leur sers le repas et tu leur donnes les cadeaux à chaque fois qu'ils posent des questions sur mon absence. » Ils mangent et boivent, *yallah*, cela dure une partie de la nuit. Entre-temps, Francesco a sauté dans le train et dépassé Diré Daoua, à quatre cent cinquante kilomètres de là. Il avait calculé que le temps du dîner il aurait la possibilité d'être hors de portée de toute communication puisque le télégraphe s'arrêtait au niveau de cette ville éthiopienne. Ensuite, pour les quatre cents kilomètres qu'il lui restait à parcourir pour rallier l'Érythrée, il était inatteignable. Pourquoi mon logiciel me souligne en rouge *inatteignable*? Ça ne se dit pas? Rapide consultation du portail de l'Académie française qui est, avec certains sites un peu olé olé quand je me sens vraiment très seul, celui que je fréquente le plus :

L'adjectif inatteignable *n'est pas incorrect, mais il n'est pas de très bonne langue. Il s'agit d'une création de Stendhal qui, mêlant français et anglais, écrit dans son* Journal, *le 18 mars 1813 :* The great places inatteignables for me. *Quand bien même cet adjectif aurait pour lui la caution d'écrivains aussi illustres que Louis Aragon ou André Gide, on essaiera de l'éviter, et ce, d'autant plus que certains, comme Marcel Proust, écrivent* inatteingible *ou* inattingibles lointains. *On écartera donc toutes ces formes auxquelles on préférera l'adjectif* inaccessible *ou la locution adjectivale* hors d'atteinte.

On écartera, si je veux oui. Si j'ai envie d'écrire « *inatteignable* », ni un stupide logiciel de traitement de texte ni l'Académie française ne m'en empêcheront. Ils m'ont énervé les immortels, ce sera tout pour ce deuxième chapitre.

CHAPITRE III

– Le trône –

« On ne va pas se mentir. » Qu'est-ce que je déteste cette phrase qu'on entend à tout bout de champ. Si tu ouvres la bouche, ce n'est supposément pas pour raconter des craques. Non, si je dis ça, c'est que ce matin je suis de retour sur ma péniche. *Finito Roma*. Un lecteur compréhensif aura bien évidemment saisi qu'entre toutes les séances de travail, les nombreuses balades et les dîners, je n'ai pas eu le temps, à Rome, de coucher sur papier l'intégralité du récit d'Antonio. Je suis donc à ma table de travail. Devant ma fenêtre, les mouettes plongent dans l'Erdre pour choper des poissons, moi c'est dans mes notes. J'avais indiqué que je ne m'étendrais pas sur le sujet, j'avais même trouvé un super jeu de mots qu'un lecteur toujours aussi compréhensif, ou pour le moins compatissant, avait relevé, ce *ne dérivons pas* qui faisait écho au vocabulaire maritime, mais, et on ne va pas se mentir, un problème se pose à moi : je n'aime pas sortir du bateau avant d'avoir écrit. Je préfère me mettre au travail au saut du lit, les idées aussi embuées que les fenêtres de ma péniche à cette heure glaciale de la matinée. Je tire ainsi profit des pensées que j'ai laissées flotter en écoutant la radio sous la couette. Ou des résidus de rêveries nocturnes, en compagnie de femmes négligemment dévêtues. Par malheur, certaines fois j'y suis contraint par mon transit intestinal. Tu n'arriveras pas à te concentrer, me serine-t-il, si tu n'expulses pas le repas ingurgité avant de te coucher. J'essaie quand même, quelques phrases à tout hasard, mais il a raison le bougre : dur de se concentrer quand la Compagnie créole est en *backstage*. Alors j'enfile à la hâte le jean humide que j'ai encore oublié de ne pas laisser traîner sur le sol la veille et je me rends à la capitainerie, armé par ailleurs de cinq ou six bouteilles en plastique vides. Tant qu'à braver le monde extérieur et le froid, autant en profiter pour rapporter de l'eau (ma pompe ne fonctionne toujours pas malgré les visites répétées de mon propriétaire et de mon bricoleur de voisin). Pour m'éviter les expéditions défécatoires, un ami – que je ne dénoncerai pas pour ne pas jeter le discrédit sur son hygiène de vie et l'insalubrité qui doit régner à son domicile (ça doit être un beau bordel là-dedans) – m'a recommandé de chier dans ma poubelle. Elle est pile à ta taille en plus, tu t'assieds dessus, tu fais et tu refermes le sac que tu déposes ensuite sur le ponton. Offusqué par cette idée, enfin Jérôme nous sommes au XXIe siècle ça ne se fait plus ces choses-là, j'en suis tout de même arrivé à cette extrémité ce matin. Si tu commandes un kebab, évite de demander le supplément harissa quand tu vis sur un bateau.

En parlant de trône, je me rends compte que je n'ai pas beaucoup parlé d'Haïlé Délaissé. Je vais y remédier ce matin. Je ne sais pas comment les gens écrivaient des bouquins avant Google et Wikipedia, toujours est-il que j'ai tapé son nom sur Internet et me suis livré à la sérendipité. Sérendipité, le mot fait sérieux, mais en fait tu branles rien (sauf certaines fois). Tu passes d'un lien à un autre puis encore un autre et encore un autre et finalement, en lieu et place de Tafari Makonnen né le 23 juillet 1892 à Ejersa Goro et mort le 27 août 1975 à Addis-Abeba, tu te retrouves sur un tutoriel YouTube où un rasta plein de *dreadlocks* t'apprend à rouler un joint avec trois feuilles, impressionnant comment il fait ça avec seulement deux doigts. Revenons à la page d'origine. En tant que régent, Ras Tafari exerce la réalité du pouvoir durant le règne de l'impératrice Zewditou. Cela doit se voir que je recopie Wikipedia, « exerce la réalité du pouvoir », il faut reconnaître que le style littéraire est assez pauvre. Bref. Il porte alors le titre de négus du 7 octobre 1928 au 2 avril 1930, date du décès de l'impératrice. Il peut ensuite être couronné empereur, le 2 novembre 1930, et reçoit à cette occasion les titres de « roi des rois d'Éthiopie », « puissance de la Trinité », « seigneur des seigneurs », « lion conquérant de la tribu de Juda », « lumière du monde », « élu de Dieu », ce qui donne du fil à retordre à l'imprimeur ayant pour mission de faire tenir toutes ces joyeusetés sur une même carte de visite (ça c'est pas de Wikipedia, c'est de moi). Haïlé Sélassié a été le dernier empereur d'Éthiopie de 1930 à 1936 et de 1941 à 1974. La plupart des rastas le considèrent comme le « dirigeant légitime de la terre », en raison de son ascendance salomonide, qui remonte aux rois Salomon et David par la reine de Saba. Aux yeux des rastafariens, groupe qui s'est développé dans les années 1930 en Jamaïque sous l'influence du mouvement *Back to Africa* de Marcus Garvey et Leonard Percival Howell, Sélassié est une sorte de « messie noir », montrant aux peuples africains, putain de merde ça recommence, les voies de la liberté car l'Éthiopie est le seul État africain à avoir résisté à la colonisation européenne. L'empereur n'a en effet, franchement j'en ai ras-le-bol, jamais reconnu l'occupation italienne entre 1935 et 1941 et considérait qu'il régnait encore pendant cette période, mais c'est pas vrai on peut pas travailler tranquille, niant l'administration coloniale. Paradoxalement, Haïlé Sélassié, chrétien orthodoxe pratiquant, n'a pas légitimé les croyances des rastafariens qu'il souhaitait convertir au christianisme tewahedo. Purée, mais qu'est-ce qu'elle m'énerve cette fenêtre. J'avais pourtant réussi à la bloquer en coinçant une clef dans la jointure. La vitre s'affaisse toute seule, telle une guillotine inversée. Je suis contraint de laisser tomber l'écriture pour bricoler. Ce serait dommage que, de 5 °C dans le bateau, je passe à - 12 °C.

Aujourd'hui, caravane chez un ami. Ça m'a énervé cette histoire de fenêtre qui ne se ferme pas et j'ai troqué pour deux jours le bateau contre une roulotte au fond d'une cour. Quitte à s'adonner au camping, autant que ce soit dans une habitation appropriée. J'y dispose d'un chauffage d'appoint qui se met en branle dès qu'il sent que baisse la température intérieure, à peu près toutes les dix minutes. Mon hôte m'apprend même qu'en saison chaude l'appareil se mue en climatiseur, tu devrais t'en acheter un pour ta péniche. Mon hôte est scénariste, comme ce que j'essaie d'être moi aussi parfois. Ayant travaillé pour un réalisateur américain, il a connu le succès, les voitures avec chauffeur, à New York ou Paris ; aujourd'hui, il vit, tel le fils prodigue dans la Bible, chez ses parents, jeunes retraités. Le fils prodigue, pour ceux qui n'ont pas comme moi passé leurs dimanches matin à l'église, c'était ce type qui avait exigé de son père qu'il lui versât sa part d'héritage par anticipation pour s'en aller festoyer avec tous les ivrognes de la région et se vautrer dans l'entrejambe des prostituées. Bien sûr, cet imbécile se trouva vite sur la paille et regagna le domicile familial la queue entre les jambes. Si la drogue avait existé du temps de Jésus-Christ, au désagrément de ramener la chaude-pisse à la maison, il aurait certainement ajouté celui de revenir shooté à l'héroïne. Le frère aîné du fêtard repenti s'emporta quand Papa décida de tuer le veau gras pour célébrer le retour au bercail de son second rejeton, enfin quoi merde moi je bosse, ce con dilapide le fruit de notre labeur et toi tu fais comme si de rien n'était. En vérité, je vous le dis. Désargenté lui aussi, mon hôte ne peut se rendre régulièrement à Nantes et m'a ainsi proposé de le rejoindre pour une résidence d'écriture à Longeville-sur-Mer. Sur le papier, ça en jette, sauf que de mer on n'a rien vu : depuis mon arrivée, il pleut tout le temps. En tout cas, de ma caravane, je ne suis pas distrait par les hérons et les canards qui viennent se pavaner sous ma fenêtre quand j'écris ; là, j'ai vue sur des parpaings. Quant aux toilettes, c'est comme d'habitude : je n'en ai pas. Cette nuit, j'ai discrètement pissé sur un mur de la cour, en espérant qu'un des deux XXXXXXX (je mets des X parce que je ne me rappelle plus le nom précis de la race des chiens) ne me confonde avec un cambrioleur. Je suis installé sur une chaise en toile, qui manque à chaque fois de se rompre sous mes quatre-vingt-dix kilos. J'allume l'ordinateur et replonge dans mes notes italiennes. Où j'en étais ? Ah oui, au licenciement de Francesco par l'empereur et à son échappée vers l'Érythrée. Là-bas, il y retrouve donc Vittorio Ruggero.

« Avant de te raconter la suite, je dois te parler d'une prophétie, m'avertit Antonio (dans mes notes, pas dans la caravane). À cette époque, beaucoup de gens disposent de leur magicien personnel. L'empereur en a un, ma grand-mère aussi. Ces types font des prophéties après avoir mangé du "chat" (prononcer "tchatte"), une plante qu'on trouve notamment au Yémen et qui ressemble à la coca d'Amérique du Sud. En 1936, le magicien de ma grand-mère prophétise à Francesco : "Je te vois survoler comme un aigle la ville d'Addis-Abeba sur laquelle tu vas régner". Voilà, garde ça en tête… »

Antonio se lève de table et revient avec un atlas. Il pointe le doigt sur la région de Dankalie, désert situé au nord-est de l'Éthiopie et au sud de l'Érythrée. « Le colonel Ruggero a réfléchi à un moyen de contourner les forces éthiopiennes, positionnées tout le long de la frontière de l'Érythrée italienne. Il envoie mon père au Yémen pour recruter quatre cents soldats et organiser une colonne militaire, la "*Colonna dancala*". L'idée est de traverser le désert des Dankales et, de cette façon, contourner le régiment éthiopien. Les Yéménites sont les seuls à même de supporter une température de 60 °C dans le désert. Je suis moi-même allé là-bas, pour voir. Je suis tombé dans les pommes à la descente de l'avion ; on m'a recollé dans le premier vol. Pour recruter ses mercenaires, mon père décide de s'appuyer sur le Coran, dont il connaît une grande partie par cœur. Il lui faut trouver un *prêtre* musulman. Il se rend chez la police, l'équivalent pour vous les Français du Quai des Orfèvres, à Asmara, la capitale de l'Érythrée conçue par les Italiens. Chaque soir, il demande qui ils ont ramassé. Un jour, il tombe sur un souteneur, un maquereau je crois que vous appelez ça comme ça chez vous. Le gars est bronzé, mais pas noir, et parle arabe. "Je le prends avec moi." » Francesco de Martini lui enseigne le Coran, en mettant surtout l'accent sur les versets qui valorisent les bienfaits de l'hospitalité. J'y reviendrai plus tard.

« Mon père lui donne ensuite un mulet, deux soldats, une ombrelle et l'envoie deux jours avant lui pour qu'il aille prêcher dans les villages. Il attend que le type reparte, puis débarque dans les villages deux jours après. Il marche toute la nuit, puis il attend sous une tente. Là où il va, il sème la richesse. Les habitants ont en effet deux monnaies : le sel et les étuis de cartouches vides. Avant de repartir du village, Francesco fait tirer quatre mitrailleuses et laisse ainsi des centaines de cartouches vides. Il rallie ensuite la capitale de cette zone désertique : Sardo. Avant lui, seul un explorateur était passé par là, le baron Raimondo Franchetti. À Sardo, le sultan du Biru a le choix de se battre ou de se soumettre. Il se soumet. Le 20 novembre 1935. » Antonio extrait d'un sac un journal de l'époque qu'il a dégotté dans un marché aux puces et qui relate cet événement.

« Avec son grade de sergent-major, mon père ne peut en théorie pas commander. Un lieutenant fantoche a donc été mis en place, mais c'est bien mon père qui dirige. Francesco a ainsi constitué une bande irrégulière de cinq cents hommes, l'équivalent de la Légion étrangère, dont des membres de la garde impériale qu'il connaissait. Il reçoit sur le champ la médaille d'argent de la valeur militaire, juste en dessous de celle en or qu'on lui décernera quelques années après la Seconde Guerre mondiale. À la suite de cet épisode, Francesco rentre à Parme, à l'académie des officiers. Devenu lui-même officier en 1938, il est affecté au trente et unième régiment des tanks – ça devient une spécialité – à Novara, à mi-chemin entre Milan et Turin. Il est promu porte-drapeau du régiment. L'année suivante, ce régiment est envoyé en Albanie. »

Google, que je consulte décidément très souvent pour mon projet, me précise la date et j'apprends que l'armée italienne a envahi le royaume d'Albanie, sur ordre de Benito Mussolini. Un corps expéditionnaire dirigé par le général Alfredo Guzzoni, fort de cent mille hommes et quatre-vingt-quatorze chars, transportés par dix-huit cargos, est débarqué entre le 7 et le 9 avril dans plusieurs ports albanais. Face à une telle concentration de troupes et de moyens, l'armée locale, dont l'effectif n'atteint pas les vingt mille hommes, ne peut résister et le pays est annexé. Francesco de Martini est ensuite envoyé en Grèce, sur laquelle l'Italie avait un œil, puis à Godjam, une province du Nord-Ouest de l'Éthiopie. Là, il dispose d'une brigade coloniale de six cents soldats, des indigènes. Il y affronte la guérilla, des partisans de l'empereur, financés et commandés par des officiers anglais. Avant de conclure cette journée de travail, Antonio ouvre une parenthèse au sujet de sa sœur. Le 2 avril 1938, naît en effet la première fille de Francesco, Liliana, morte en 1998. Cette femme aura deux enfants : Federico, installé à Philadelphie aux États-Unis, et Carlotta, en Éthiopie. Voilà, ce sera tout pour aujourd'hui car se présente une éclaircie. Avec mon hôte, on va enfin pouvoir prendre un verre en bord de mer.

– Mariam –

À présent, je vais narrer un des plus grands faits d'armes de Francesco de Martini. Nous sommes en 1941, en Éthiopie, et le Tonton attrape la malaria. Il est conduit par les Anglais dans un hôpital militaire, où on lui administre des piqûres de quinine. La quinine est, selon Wikipédiatre, un alcaloïde naturel antipyrétique, analgésique et antipaludique. Extraite du quinquina, un arbuste originaire d'Amérique du Sud, elle était utilisée pour la prévention du paludisme. Le chambellan de l'empereur se rend au chevet de Francesco pour lui proposer de reprendre du service auprès de son ancien patron Délaissé. Après un exil de cinq ans à Bath, une ville située au sud-ouest de l'Angleterre, Haïlé-roi-des-rois-puissance-de-la-Trinité-lion-conquérant-machin-tout-ça est en effet revenu au pouvoir. Francesco refuse la proposition et s'échappe de l'hôpital miliaire. « Il est en culotte, et rien d'autre. Il veut rallier Massaoua, ville portuaire d'Érythrée située sur la côte africaine de la mer Rouge. Un camionneur le prend en stop, le dépose deux kilomètres avant le *check point* tenu par les Anglais et le récupère quelques kilomètres plus loin. Il lui donne même des vêtements et un peu de sous. Arrivé à Massaoua, il a faim et entre dans un bistro. À sa façon de manger, la patronne remarque qu'il s'agit d'un officier en fuite et lui donne une double portion de Mont Blanc », me raconte Antonio qui, d'un coup, s'interrompt. « Qu'est-ce que tu fais quand tu n'as plus un sou et que tu es jeune ? » Euh je ne sais pas, Antonio. « Tu attrapes une femme. » Chez les de Martini peut-être, mais moi, ça ne me serait jamais venu à l'esprit… « Eh bien, c'est ce que fait mon père. Il se trouve une femme de petite vertu, Mariam elle s'appelle, et se cache chez elle, dans le quartier indigène. Là, il est tranquille et peut réfléchir à la suite. Dans ce port de Massaoua, les Anglais concentrent toute leur logistique. C'est un butin énorme, constitué d'armes et de ravitaillements. Cela représente des milliards. Mariam baise avec les sentinelles du dépôt pour gagner son pain. Ça, ce n'est pas mon père qui me l'a raconté, je l'ai lu dans un rapport de l'armée. Les locaux n'apprécient pas beaucoup les Anglais, qu'ils jugent racistes, et préfèrent les Italiens. "Si tu m'aides, dit mon père à la fille, les Italiens reviendront." Grâce aux informations que lui transmet Mariam, mon père sait exactement où sont placées les sentinelles. Un soir, il prend trois mouchoirs et une gourde qu'il remplit d'essence. Il met le feu pendant que la fille bosse :

l'incendie dure vingt jours. Les trente sentinelles meurent. Mariam est blessée, tombée sur un barbelé en s'échappant. Cet épisode déclenche une chasse à l'homme. Mais ce qui sauve mon père, c'est que les Anglais pensent pourchasser un métis. Le sachant né à Damas, ce n'est pas un blanc qu'ils recherchent. »

– Leonberg –

Le leonberg est une race de chiens géants, dont le nom est issu d'une ville du Bade-Wurtemberg, un des *länder* composant l'Allemagne. Espèce dimorphique, le leonberg possède des caractéristiques bien différentes chez le mâle (fort et robuste) et la femelle (fine et élégante), qui permettent une identification facile. Quand il est bien dressé et socialisé, le leonberg est vigilant, loyal, et confiant quelle que soit la situation. Robuste, obéissant, intelligent, joueur et doux, le leonberg s'adapte facilement, ce qui le rend apte à être un parfait chien de compagnie. Mon ami scénariste vient de répondre à mon message. « La race de nos chiens, Looky et Isia, c'est leonberg. » Faudra que je pense à remplacer les petites croix.

– La réalité dépasse l'affliction –

La réalité dépasse souvent l'affliction. Mes histoires de pompe défectueuse ou de cadavre au pied de la péniche, tout est vrai. Le problème, c'est qu'avec mon récit sur Francesco de Martini, c'est pareil : je ne maquille aucunement la vérité. Les différents rapports militaires consultés chez son fils Antonio étayent cette histoire aussi romanesque qu'abracadabrante. Le passage que je vais raconter ici, normalement on ne le met pas dans un scénario : personne n'y croirait. Le héros se cache sous le bateau au moment où, comme de par hasard, bah tiens. Je laisse quand même Antonio poursuivre sa narration.

« Mon père cherche un moyen de fuir en Arabie saoudite. Dans le port de Massaoua, se trouve un navire coulé. Il pique la chaloupe de ce bateau, mais il faut la réparer. Il trouve un vieux charpentier, juif italien, pour s'occuper de ça. Mon père n'aimait pas les juifs. Le samedi, enfant, il lançait des pierres sur ceux qui se rendaient à la synagogue. Avec cet épisode, il a compris que les juifs étaient sympas. Un jour, il est à côté de la chaloupe et voit deux Anglais débouler en face. Comme il ne peut pas les affronter, il se cache sous le bateau et les deux Anglais s'assoient dessus. Il s'agit d'un officier supérieur et de son psy. L'officier suit une thérapie et parle de son travail. Au bout d'une heure, l'officier dit : "On est bien ici, on va revenir tous les jours". Les Anglais ont choisi l'endroit parce qu'il était tranquille ; ils ne pouvaient imaginer qu'un espion italien était allongé sous leurs arrière-trains. Donc tous les jours, Francesco revient une heure avant l'arrivée des deux Anglais et se faufile sous la chaloupe pour recueillir le maximum d'informations. Quand il juge en savoir assez et que la chaloupe est prête, il prend la mer. » Bah oui, tout simplement... Et évidemment, Antonio, toutes les informations emmagasinées sous la chaloupe, ça lui servira plus tard dans l'histoire ? « Tu verras tout à l'heure... », me répond mon cousin qui m'invite à passer à la cuisine. Le déjeuner terminé, Antonio m'interrompt sitôt qu'il me voit nettoyer les assiettes. « Tu es fou ! Si tu fais la vaisselle, Alessandra croira que c'est moi et après je serai foutu : je serai obligé de me soumettre à cette corvée. » Soit. Ce n'est pas dans mes habitudes de ne rien faire quand je suis invité, mais j'obtempère. Trente ans qu'Antonio et Alessandra vivent ensemble, je ne voudrais pas casser leur bel ordonnancement. D'ailleurs eux aussi, comme mes voisins de ponton, n'arrêtent pas de s'embrasser tout le temps. Je ne dis rien car je ne suis pas chez moi, mais parfois l'envie me prend de crier à mon tour : « *Che cazzo* ». Je me calme. Un petit café, et nous reprenons.

« Mon père ne sait pas nager. Il embarque avec quatre personnes, chacune pire que l'autre. Le type qui manœuvre la chaloupe s'est présenté comme un grand marin. En réalité, c'est un mec qui tenait la caisse d'un bar. Les Anglais ont mis à prix la tête de mon père : le type qui capture Francesco de Martini obtiendra la rançon qu'il souhaite. La traversée de la mer Rouge est très difficile. À un moment, l'équipage veut rebrousser chemin et se rendre. Mon père les menace avec son revolver : "Le premier qui bouge, je le tue et je le jette à la mer". Ils finissent par arriver sur une côte, mais ils ignorent où ils se trouvent. Sans boussole, ils ne savent pas s'ils sont au Yémen ou en Arabie saoudite. Mon père et les quatre hommes creusent des trous dans le sable et dorment dedans pour se protéger du vent. Un garçon s'amène avec un chameau. Francesco lui parle en arabe. Le gars les conduit au village et on les colle en prison. Assoiffés, les quatre types qui accompagnent mon père demandent de l'eau et se jettent dessus pour s'abreuver. Au lieu de boire l'eau, Francesco s'en sert pour des ablutions et se met à genoux pour prier en arabe. Le garde va trouver son chef. »

Salâm alaykoum, grand chef vénéré. – *Alaykoum Salâm*. – Grand chef adoré, étoile de nos nuits, guide de notre tribu… – Quoi ? Qu'est-ce qu'il y a ? – Je crois que j'ai fait une grosse boulette… – Une boulette de quoi ? De viande ? De haschich ? – Non, berger de notre troupeau, maître de nos destinées… – Oui bah ça va, accouche. – J'ai fait une connerie : je croyais avoir arrêté un étranger, mais c'est un croyant. – Ah la pute borgne ! Sois maudit jusqu'à la troisième génération de tes fils ! – Je n'ai pas de fils, chef vénéré… – Hors de ma vue ! Et convoque-le-moi tout de suite dans ma tente… (Je laisse Antonio poursuivre) « Comme je te l'ai déjà dit, mon père connaissait très bien le Coran, il le maîtrise même presque mieux que son interlocuteur. Comme il n'a aucun papier en poche, juste 5 sterlings en or, il lui est facile de se faire passer pour un musulman. »

C'est à Beyrouth qu'on m'a expliqué les règles d'hospitalité édictées par l'islam. Même si un musulman vous capture et qu'il va probablement vous tuer, comme c'est le cas pour nos cinq amis cités plus haut, j'aime bien la formule *nos cinq amis*, comme dans les bandes dessinées que je dévorais enfant, *et nos cinq amis reprirent leur route, et nos cinq amis mangèrent des nouilles à midi, et nos cinq amis se marièrent et eurent beaucoup d'enfants* (ah non, ça c'est autre chose), donc je disais que quand un musulman vous capture, il doit, pendant trois jours, vous recevoir avec les meilleurs égards. Dans le Coran, il est raconté que le prophète Abraham a reçu des hôtes qu'il ne connaissait pas et qu'il leur fit servir le veau gras. Moi, je préférerais une bonne plâtrée de langoustines, mais dans le Coran et la Bible, le plat sympa par excellence c'est le veau gras. Ces invités, et il ne le comprit que plus tard, étaient des anges venus lui annoncer la future naissance de son fils Isaac. L'hospitalité chez les musulmans n'est pas réservée à leurs seuls coreligionnaires, mais à tout être humain, quels que soient son statut social et ses croyances. Quant à la durée de soixante-douze heures, c'est le prophète Mahomet qui l'a fixée. Il avait sûrement ses raisons, que j'ignore ; j'avoue que, dans ma lecture de ce livre saint, je ne suis pas allé plus loin que la page douze. Pour en revenir à la capture, Francesco de Martini s'en est bien sorti en branchant le cheikh sur le Coran. Désolé. Pas pu résister à cette blague. J'ai même failli ajouter « alternatif ». « Brancher sur le Coran alternatif », comment ça aurait claqué. Mais, en risquant ce calembour, je m'excluais de la liste des prétendants au Renaudot (donc je ne l'ai pas fait).

Antonio me narre ensuite une anecdote survenue lors d'une conversation entre son père et le cheikh, à qui visiblement il ne fallait pas trop la lui faire. Un type interrompt leur discussion. *Salâm alaykoum*, grand chef vénéré, étoile de nos nuits, guide de notre tribu... – Oui bah tu vas pas t'y mettre toi non plus. Qu'est-ce que tu veux ? – Je viens de trouver cinq sacs de café. – Comment sais-tu que c'est du café ? – J'ai regardé. – Tends-moi tes mains... – Ah non pas les mains, s'il te plaît, étoile de nos nuits... – Tends-moi tes mains ! – Bah oui, mais non... – C'est un ordre, espèce de chien galeux ! Tu vas m'obéir ! – Oui, mais c'est pas cool... Comment je vais faire pour me gratter le nez après ? – TCHLAC ! – Aïe ! (Vas-y, Antonio. Excuse-moi) « Mon père lui demande : "Pourquoi tu lui as coupé la main ? Il ne t'a pas volé. – Il a regardé le contenu des sacs. Si c'était de l'or, il ne serait jamais venu me le dire..."

Après cet épisode, mon père est expédié à Djeddah, la deuxième ville d'Arabie saoudite. Il est emprisonné dans un camp où sont internés beaucoup d'Italiens et quelques Allemands. Très vite, il négocie en tant que bon musulman de pouvoir sortir du camp. Il se rend au consulat italien et prend contact avec Rome par radiotélégramme. La réponse est immédiate. Il est nommé chef du deuxième bureau de l'empire, alors qu'il n'est que lieutenant. Le gouvernement italien lui adresse un document lui donnant le droit de réquisitionner tout bien de propriété italienne à quelque endroit que ce soit du monde. Le délégué de la Croix-Rouge internationale, qui officiellement était un Suisse mais en réalité un Allemand, lui amène 20 000 sterlings en or. Francesco donne l'argent au contre-amiral, qui partage tout dans le camp. Tu dois te demander pourquoi tout ça ? Eh bien sous la chaloupe, mon père a appris beaucoup de choses, notamment que des hauts émissaires italiens étaient de mèche avec les Anglais pour virer Mussolini. » Bah voilà, j'étais sûr que le coup de la chaloupe, ça allait servir.

CHAPITRE IV

– Sylvain King –

Quinze jours que je n'ai pas écrit une ligne. À présent, il fait presque beau sur le bateau. Moins froid au réveil en tout cas. Les semaines défilent au rythme de ce travail à mi-temps qu'il m'a fallu reprendre (plus un radis). Tous les après-midis, je corrige à distance des articles pour mon ancienne agence de presse. Des informations pour les professionnels des ressources humaines dans lesquelles, parfois, se glissent des mots en français.

Et puis j'ai accepté de collaborer à une émission de radio, ça prend du temps aussi. Ce chameau de responsable d'antenne me commande en effet une chronique hebdomadaire (chameau, c'est deux bosses ; hebdomadaire, heureusement c'est une seule). Bref, plus une minute à moi, expression qui, comme tout un chacun le sait désormais, ne veut rien dire, mais je ne suis plus à ça près. Repartir à la pêche à la ligne. Pas celle agitée sous ma fenêtre par les désœuvrés qui vident l'Erdre de ses poissons-chats. Non, des lignes de texte qui, mises bout à bout, forment des paragraphes, puis des chapitres et puis à la fin eh bien on écrit le mot FIN. Pourquoi ai-je tant de mal à me remettre à l'histoire de Tonton Francesco ? C'est pourtant intéressant et tout le monde a envie de connaître la suite, il nous embête avec ses atermoiements, ça se terminera qu'on va sauter des pages. Tout simplement, je réalise le dérisoire de ma vie au regard de celle de mon prestigieux aïeul. L'autre, il sauve un empereur avec un tank, parcourt les déserts en déclamant le Coran, sabote l'entrepôt des *British* avec un mouchoir. Moi, les mouchoirs, ça me sert juste à pleurer. Je ne sais pas de quoi demain sera fait. Avec le retour du beau temps, la question tu-fais-quoi-pour-les-vacances revient en force et immanquablement. Je ne peux jamais y répondre.

Aucune perspective, ni vision à plus de deux jours. Hier soir, j'ai regardé un film dans lequel le héros, un écrivain qui connaît le succès en s'accaparant le manuscrit d'un mort, a collé un Post-it® sur le mur : *Deux mille cinq cents signes par jour – Stephen King*. Il y a des années j'avais écrit un roman qui racontait exactement la même histoire et qui a fini sa brillante carrière dans les plus grandes maisons d'édition parisiennes (enfin, dans leurs poubelles). L'histoire d'un usurpateur qui, après avoir retrouvé son ami la tête inanimée sur son clavier d'ordinateur, lui avait subtilisé le roman qu'il était sur le point d'achever. *La dernière sauvegarde indiquait 11 h 23. Jean-Louis avait dû s'éteindre quelques minutes plus tard.* De mémoire, je me rappelle juste cette phrase. J'en suis à combien, là ? Deux mille six cent quatre-vingt-cinq signes. Pas vu le temps passer.

– Post-it® –

~~Retomber amoureux~~. ~~Trouver une muse~~. Tant pis.

– Hi hi –

Hier j'ai gagné du temps, mais ce matin je dois absolument reprendre le récit « demartinesque ». J'ouvre le fichier « Entretiens Antonio Rome ». Alors, où j'en suis dans mes notes italiennes ? Sur le ponton, à trois mètres, mon héron fixe et nargue. Une trentaine de fois par jour, il atterrit sous mes yeux, puis déambule, patte délicatement levée après patte brusquement baissée, pour vérifier que je travaille. Ils sont quatre à vivre sur le canal, je le sais car un ami les a vus tous réunis aux abords de l'écluse, mais le mien, enfin celui qui se pose souvent sous mes yeux, porte une tache blanche sur l'épaule gauche, c'est à ça que je le différencie des autres. Mon héron est vraiment fort. Toujours un émerveillement de voir son cou fin et désarticulé engloutir l'énorme poisson qu'il vient d'attraper dans l'Erdre.

Bref, Francesco de Martini. Mes notes m'indiquent qu'il est nommé chef du service des renseignements de l'empire, qu'il a pour champ d'action l'Érythrée, l'Éthiopie et la Somalie et qu'on lui donne pour mission de faire le djihad contre les Anglais. Ce plan devait être financé avec les 20 000 sterlings en or, mais comme le contre-amiral a tout dilapidé dans la légation de Djeddah,

Tonton se trouve *Grande-Giovani come di fronte*, que je traduirais approximativement par Gros-Jean comme devant. J'ai tapé *Grande-Giovani come di fronte* en italique; je ne sais pas si à Rome ils l'auraient écrit de la sorte, mais à Pise c'est certain. Donc ne restent plus à Francesco que 100 sterlings en or, avec lesquels il s'achète une péniche. Entre-temps, les Britanniques ont en effet mis la pression sur le roi de l'Arabie saoudite pour qu'en 1942 il rompe les relations diplomatiques avec l'Italie et fasse fermer la légation. Francesco de Martini décide alors d'embaucher quelques hommes et de retraverser la mer Rouge pour retourner en Éthiopie. Durant le voyage, la péniche prend l'eau et l'équipée est contrainte d'accoster une île de l'archipel des Dahlak, en plein milieu de la mer Rouge. Hi hi. Hi hi. Pourquoi je ricane? Hi hi. Pour une fois, j'ai un point commun avec mon glorieux aïeul : les péniches en mauvais état, je connais. Ah on fait moins le malin, Tonton... Les Anglais, qui disposent de bateaux pouvant naviguer dans les bas-fonds, les interceptent tandis qu'ils tentent de réparer la péniche. Le commandant britannique explique à de Martini qu'il le guettait depuis vingt jours, mais qu'étant dans les eaux internationales, il ne peut le fusiller. « Comme militaire, je suis content de vous avoir capturé, déclare le commandant. Mais comme homme, je le regrette car j'ai beaucoup de respect pour vous : comment un type avec une simple paire de culottes a-t-il pu nous faire tant de mal, à nous les Anglais ? » Oh ça va, ne me regarde pas comme ça, je viens d'écrire deux feuillets. Il m'énerve, ce héron.

– Le type sur le banc –

À Francesco de Martini, il arrive toujours des événements extraordinaires, dont on pourrait remettre en cause la véracité tellement que. Pour une fois, moi c'est pareil. J'ai même attendu trois jours avant de raconter cet épisode incroyable, pour m'assurer que je ne rêvais pas. Quand je me rendais chez mon ancienne compagne, qui vit à deux kilomètres à vol de héron, je croisais régulièrement, au pied de son immeuble, un type vêtu d'un sweat-shirt gris à capuche, qui se postait devant la porte du garage pour boire une canette, écouter de la musique au casque, danser et fumer des cigarettes. Il restait planté là des heures, debout, à boire une canette, écouter de la musique au casque, danser et fumer des cigarettes. Au début, nous jetions parfois un œil par la fenêtre pour voir s'il avait bougé, mais non : rien ne semblait perturber son incongru programme devant cette stupide porte de garage. Il venait si souvent qu'à la fin nous n'y prêtions même plus attention ; il était partie intégrante du décor, point. C'est donc, comme je le disais, fini avec ma compagne et j'évite tout ce qui pourrait me ramener à elle. Je fuis certains lieux qui ont jalonné notre histoire, je mets au placard certains objets, je enfin tout le monde sait comment se passe une rupture, on ne va pas s'étendre sur le sujet. Il y a trois jours, alors que je cherchais un synonyme pour remplacer le mot *faire* (chacun ses problèmes, moi c'est remplacer le mot *faire*), j'ai relevé la tête de mon écran d'ordinateur, me suis allumé une cigarette et j'ai laissé flotter mon regard à l'horizon. En plein dans ma ligne de mire, assis sur un banc, un type vêtu d'un sweat-shirt gris à capuche, buvait une canette, écoutait de la musique au casque, dansait et fumait des cigarettes. Tiens, comme le gars du garage. Non ? Ce ne serait pas lui quand même ? J'en ai oublié le mot « faire » et me suis appliqué à rassembler mes souvenirs. La coiffure, le sweat, la posture, eh bien si : c'était lui. J'ai eu du mal à me remettre à mon texte. Mon ancienne compagne a repris possession de mes pensées. Son immeuble et les beaux moments que j'ai passés là-bas. Nos discussions amusées au sujet de ce curieux personnage. Sa robe-chemise bleue, je l'aimais beaucoup sa robe-chemise bleue, sa coiffure en palmier, sa bouche que je bref je vais mettre *effectuer* à la place de *faire* c'est pas terrible mais c'est quand même mieux.

L'histoire aurait pu s'arrêter là, *un concours de circonstances* on aurait appelé ça, mais non, le lendemain et le surlendemain rebelote. Mêmes canette musique danse cigarettes. Mais qu'est-ce qu'il me veut ? J'ai repensé à Francesco de Martini qui se rendait tous les jours à la même heure au café de la gare d'Addis-Abeba, de manière à passer pour un habitué et endormir les soupçons. Je suis sûr que mon ancienne compagne a, elle aussi, manigancé un plan machiavélique pour me torturer le cerveau. Tiens, voilà 100 euros, tu longes la berge à côté de la gare Sud, tu te postes devant le troisième ponton, son bateau c'est le rouge et orange, tu te souviendras ? Oui, c'est ça. Elle l'a payé pour qu'à mon tour je paie. J'arrête d'écrire pour ce matin, je vais effectuer les courses.

– Le blizzard –

Hier, j'ai reçu un e-mail d'Antonio. Alessandra et

lui m'invitent à passer quinze jours dans leur maison de campagne cet été. « Tu pourras te faire une résidence à la Hemingway et terminer ton livre. Tu peux venir à partir du 20 juillet et rester jusqu'au 5 août quand on partira pour la mer. Le calme, le vin et les promenades sont assurés. Il ne nous restera qu'à faire un peu de résistance aux requêtes d'Alessandra de l'aider dans l'ameublement de la maison ! Ça te va ? » Tu m'étonnes que ça me va, moi qui ne savais à quoi occuper mon été. Je dois rendre mon manuscrit en août et, en juillet, je serai certainement dans l'écriture des dernières pages. Nous pourrons tout relire et valider ensemble. À Rome, je lui ai expliqué que je ne me lançais pas dans la rédaction d'un livre historique. Il l'a compris, cela m'a rassuré, mais je ne veux pas non plus qu'il y ait d'inexactitudes dans ces pages : ces deux semaines ensemble me seront précieuses. D'ailleurs, je replonge dans mes notes romaines, faut que j'avance. Alors *Sterlings or*, non c'est bouclé. ~~*Sterlings or*~~. *Archipel des Dahlak*, aussi. ~~*Archipel des Dahlak*~~. J'en étais à *Antonio se fait couler un bain pendant la séance, puis va tailler sa barbe (ça le relaxe de se raser dans le bain)*. Je ne sais pas pourquoi j'ai noté ça… ~~*Antonio se fait couler un bain pendant la séance, puis va tailler sa barbe (ça le relaxe de se raser dans le bain)*~~. Ensuite, qu'est-ce qu'il y a de marqué ? *Je réécoute Fauve, c'est bien en fait. Pourquoi j'ai dénigré ce groupe ? Mes doigts accélèrent le mouvement sur le clavier. D'ordinaire, je n'écoute pas de musique avec des paroles en français, pour éviter les interférences avec mon écriture. Mais là, je me laisse porter par le rythme. Il faut pas que tu désespères Perds pas espoir Promis juré qu'on la vivra notre putain de belle histoire Ce sera plus des mensonges Quelque chose de grand Qui sauve la vie qui trompe la mort Qui déglingue enfin le blizzard Imagine-toi, t'es là en train de te reprendre un verre au bar Quand tout à coup tu croises un regard Qui te perfore de part en part Imagine-toi, t'es là Ça te tombe dessus sans crier gare Un truc bandant un truc dément Qui redonne la foi Un truc comme ça.* Bon, on s'en fout. *J'appelle une amie, elle bâille à deux reprises quand je lui parle.* On s'en fiche aussi, pas le propos, mais quand est-ce que je bosse ? Ah voilà : *Les Anglais ont amené Francesco de Martini à Port-Soudan et l'ont enfermé dans une cage pendant un mois.* C'est où Port-Soudan ? Il faudra que je dise à mon éditeur d'insérer une carte du Moyen-Orient dans le livre, ça aidera. Google : Port-Soudan est le principal port du Soudan sur la mer Rouge, situé à six cent soixante-quinze kilomètres de la capitale, Khartoum.

Il sort de sa cage. Quand il a été attrapé, il avait une cinquantaine de sterlings en or. Il les avait mis dans un mouchoir, s'est mouché et personne n'a remarqué qu'il les avait dedans. À Rome, quand il a rédigé son rapport, on ne l'a pas cru. L'officier anglais lui a donné un conseil : tu demanderas un dédommagement parce qu'on a brûlé ta péniche. Après, j'ai écrit *Zamzam (août 42)*, mais rien d'autre à côté. Je profiterai de mon prochain séjour chez Antonio pour lui demander à quoi cela correspond.

– Diego Maradona –

Compliqué d'écrire sans muse. Les Grecs avaient la chance d'en compter neuf, qui servaient d'intermédiaires entre les artistes et les dieux. Chacune sa spécialité : Thalie la comédie, Terpsichore la poésie lyrique, Melpomène la tragédie. Et moi, quelle muse pourrais-je convoquer aujourd'hui car ça ne vient vraiment pas ? C'est vrai ça, pourquoi me mettre à oh la vache avec quelle agilité cette mouette vient de choper un poisson sous mes yeux, incroyable le piqué et le redressement aussi sec. Ne pas se déconcentrer, fixer l'écran, pas la rivière. Qu'est-ce que je disais ? Je disais avancer sur mon projet. Mais quelles raisons me poussent à frapper bêtement les touches de mon clavier tout en regardant des canards s'ébrouer sous ma fenêtre ? Rendre hommage à feu ma grand-mère ? Me rapprocher de mon père, avec lequel je n'ai pas grand-chose en commun ? Partir en quête de mes racines ? Combler le vide de ma vie actuelle ? Ou me confronter à l'exercice littéraire d'écrire sur un personnage romanesque, ce que je n'ai encore jamais tenté ? J'ai beau retourner dans tous les sens verbes, adverbes, virgules et autres conjonctions de coordination, la réponse ne vient pas ce matin. Mes phrases ne sont pas en forme. Ou alors c'est moi. Ah si, j'en aurais peut-être une de muse. Faudrait que je lui écrive pour voir si elle est d'accord. À mon retour de Beyrouth, il y a deux mois, durant le vol de correspondance, je tentai de me concentrer sur le bouquin que je lisais, *Dans les forêts de Sibérie*, mais mon cerveau ressassait les images emmagasinées pendant dix jours. Sylvain Tesson me parlait vodka, forêt, méditation ; je lui répondais arak, mer, cacophonie. Et il y eut cette flèche oratoire venant de la gauche : « C'est son meilleur. » Ma voisine avait vu la couverture de l'ouvrage que je tenais entre les mains ; elle proposait la conversation. Je prends l'avion depuis trente ans, d'interminables vols jusqu'aux Amériques durant lesquels je me résigne à ce que de bedonnants voisins m'écrasent les coudes, et jamais il ne m'avait été donné d'être assis à côté d'une jolie femme, qui plus est portée sur la littérature. Au fil de nos échanges, j'ai regretté la courte distance entre Paris et Nantes. J'aurais voulu la Nouvelle-Zélande, c'est ce qu'il y a de plus loin. À l'aéroport, je l'ai regardée s'éloigner, son sac sur le dos. Moi, j'étais bloqué devant le tapis roulant qui dégueulait avec peine les valises des passagers, rouge ah non c'est pas la mienne. Mes chances de prolonger la conversation dans la navette vers le centre-ville, encore rouge mais toujours pas la mienne putain, étaient anéanties. Elle s'appelait Melle, tant pis. C'est un peu l'histoire de ma vie, en vouloir toujours plus alors que. À mon retour sur le bateau, j'ai scotché un Post-it® sur le réfrigérateur : *Finies les conneries*. Il y est toujours, à côté du magnet de Diego Maradona qu'un ami m'a rapporté de Naples.

– Parce que plus haut –

« J'y vois la victoire du peeuuuuuple qui, avec fierté et dignité, a repris le pouvooiiiiir. » Si on ferme les yeux, vraiment on entend son père : les mêmes intonatiooooons. J'écris en ce moment sur une période guerrière, violemment cahotée par les nationalismes de tout poil, et aujourd'hui Marine Le Pen parade à son pupitre, ça me fait bizarre. Lors des élections européennes, son parti, habilement rebaptisé « Rassemblement National », arrive en tête des suffrages en France : 23,3 %. Ça veut dire : presque un votant sur quatre. En Italie, le parti d'extrême-droite du ministre de l'Intérieur Matteo Salvini atteint lui aussi des sommets, avec 34,3 %. Leur principal mot d'ordre à tous deux : fermer les frontières. Depuis que je me frotte à ce récit sur mon militaire d'arrière-grand-oncle, je ne cesse de m'interroger sur cette notion. Pourquoi doit-on se battre pour défendre une frontière dessinée par on ne sait qui ? Et qu'est-ce qui décide qu'on naît d'un côté ou de l'autre de cette arbitraire limite ? Ma grand-mère Juliette avait le même sang que son oncle Francesco. Pourtant, l'une vouait un culte au général de Gaulle, l'autre était sous les ordres de Benito Mussolini, fondateur du fascisme. S'ils s'étaient retrouvés face à face, arme à la main parce que plus haut on en aurait décidé ainsi, qu'auraient-ils fait ? Et pourquoi Francesco de Martini ne s'appelait pas François Martin, béret sur la tête et baguette sous le bras ? Moi, il m'arrive de bien vivre, manger des langoustines même, mais, arrière-arrière-petit-fils d'une native de Damas, je ne peux m'empêcher de penser à cette injuste loterie qui fait qu'à Nantes je suis un nanti. D'une, je n'ai pas eu à faire la guerre. De deux, quand je croise un Syrien qui fait la manche dans la rue, je me dis que cela aurait pu être moi. Pourquoi, il y a un siècle, une « Sofia » a couché avec un « Antonio » et moi, « Sylvain Dominique Marie Chantal » né en Loire-Atlantique le 24 novembre 1974 à 12 h 50, je vis aujourd'hui sur une péniche, avec un prénom bien français ? À trois mille cinq cents kilomètres de là...

Le grand-père de Marine Le Pen a été engagé à l'âge de treize ans sur un trois-mâts cap-hornier. Matelot, il a eu maintes fois l'occasion de laisser traîner son sexe ailleurs qu'à La Trinité-sur-Mer, où il a terminé sa vie et conçu le petit Jean-Marie. Qu'est-ce qu'elle aurait dit la présidente du RN si son grand-père avait forniqué avec une Sénégalaise à une certaine période du mois où, tiens paf, oh un petit métis, oh bah merde... Elle serait sans doute un peu moins blonde aujourd'hui. C'est intrigant que j'en sois à ces questionnements à ce moment du récit car j'arrive au passage où la Seconde Guerre mondiale se termine pour Francesco de Martini. Il demande à un prisonnier dénommé Robert Barattolo de lui céder sa montre en or. Avec cet objet, de Martini compte soudoyer le chef des gardiens de la prison pour pouvoir sortir le soir et rentrer le matin au moment du contrôle. Barattolo accepte, le chef des gardiens aussi. La nuit, Francesco peut ainsi communiquer avec Rome. « C'est comme ça que la guerre s'est achevée pour mon père, me raconte Antonio. L'année d'après, en 1943, l'armistice est signé. » J'en cherche la date exacte sur Internet. *L'armistice de Cassibile, signé en secret le 3 septembre 1943 dans ce village proche de Syracuse en Sicile, est l'acte par lequel le royaume d'Italie cesse les hostilités contre les forces alliées au cours de la Seconde Guerre mondiale. En Italie, cet armistice est appelé le « 8 septembre », date à laquelle il a été rendu public.*

Antonio m'explique que son père est alors désemparé : « Je lui ai demandé pourquoi il n'avait pas pris la fuite à ce moment. Il m'a répondu qu'il ne savait pas avec qui aller. Du point de vue de l'honneur, il aurait dû rejoindre le Nord de l'Italie où se trouvaient les Allemands. Du point de vue de la fidélité, il aurait dû rallier le Sud où le roi d'Italie avait fui sur la côte d'Amalfi, près de Naples. Du reste, beaucoup d'officiers se sont suicidés à cette période car ils ne savaient pas quel camp choisir. Du coup, Francesco est demeuré au Soudan… » Au moins, il ne s'est pas retrouvé face à sa nièce Juliette, arme à la main, parce que plus haut on en aurait décidé ainsi.

– Le mari de madame –

Je déteste qu'on me pique mon briquet. Ce n'est pas pour la valeur de l'objet, je ne suis pas à un euro près, non, c'est pour sa fonctionnalité. Un goujat m'a dérobé mon feu hier soir et je ne me suis aperçu du larcin que ce matin. Moi, si je n'ai pas mon café et ma cigarette au saut du lit, impossible d'écrire la moindre ligne. Pour allumer la gazinière, j'ai donc perdu une heure à dénicher la boîte d'allumettes que je savais égarée quelque part dans le bateau. J'ai fini par la retrouver (derrière un paquet de coquillettes). Il me reste quatre allumettes ; ça fera quatre clopes. Alors : Tonton. Je reprends le récit d'Antonio.

« Le maréchal Badoglio, qui a remplacé Mussolini à la tête du gouvernement, demande aux Anglais de lui renvoyer sept ou huit officiers prisonniers pour reconstruire l'armée italienne. Les Anglais en rendent cinq, mais pas mon père. Ils avaient une dent contre lui. Ce n'est qu'un an après la fin de la guerre qu'il a pu rentrer. C'était le 19 janvier 1946. Il débarque à Naples. Je suis dans mon lit. J'entends la bonne dire : “Il y a le mari de madame à la porte. – Mais qui est le mari de madame ?”, je demande. Et là je vois apparaître un grand type, vêtu d'un uniforme américain, pantalon et chemise kaki. C'est la première image que j'ai de mon père. Quand je suis né le 23 août 1940, il était déjà à la guerre. Cet étranger est entré, il m'a embrassé et, de son sac en toile, a extrait des bananes qu'il avait achetées dans le port d'Alexandrie. C'est comme ça que j'ai connu mon père, sans bien comprendre ce qu'était un père. À quoi ça servait un père. Les quatre amis que j'avais sur le même palier n'en avaient pas non plus. Je pensais que les familles, c'était une dame avec des enfants. »

– Manquait plus que Rossellini –

Plusieurs semaines que je n'ai pas mis le nez dans ce récit. J'ai rencontré deux producteurs de cinéma intéressés par un scénario que j'avais écrit il y a trois ans, échoué comme de nombreux autres dans les méandres de mon ordinateur. Du coup, il m'a fallu retravailler ce vieux texte, et mettre en sommeil l'écriture de celui-ci. Micha et Alexander, c'est ainsi que se prénomment ces producteurs, m'interrogent sur ce que je fais actuellement :

j'évoque Francesco de Martini. Ce serait un très bon sujet de film, s'enthousiasment-ils. Je raconte cela par e-mail à Antonio pour l'amuser. Il me répond tout de go, enfin il ne me répond pas *tout de go*, mais *J'ai dans mes docs un projet de scénario fait par Roberto Rossellini (l'inventeur du néo-réalisme) qui voulait le réaliser. Mon père refusa parce qu'il aurait dû abandonner le métier… C'est une vieille feuille de papier des années cinquante. On fouillera le dépôt des livres et documents quand tu viendras cet été.* Décidément, je ne serai jamais au bout de mes surprises avec ce chauffeur du négus découvert autour d'un rôti-patates. Un grand prix du Festival de Cannes et Lion d'or à la Mostra de Venise vient le voir pour réaliser un long-métrage sur son existence, et le Tonton dit tout simplement : non, ça ne m'intéresse pas. Par bonheur, il n'est plus en vie. Il m'aurait certainement interdit la rédaction de ces pages. Le film, ça pourrait être une bonne idée. Enfin, avant de penser à quoi que ce soit d'autre, ce serait quand même bien de terminer le livre. O.K., je replonge dans mes notes.

« J'en étais à 1948, quand on demande à Francesco de rédiger un rapport sur le Levant : Liban, Syrie, etc. Il s'exécute et les Américains, qui collaborent avec les Italiens, sont frappés par le fait que de Martini savait plus de choses que ceux qui étaient sur place. Ils disent aux Italiens : ça peut valoir le coup d'envoyer ce monsieur sur place. C'est comme ça que mon père a repris son activité d'intelligence au Moyen-Orient. En guise de couverture, il part comme représentant d'Alfa Romeo. Les Américains lui donnent quatre ou cinq hommes sous ses ordres. Ils posent leur base à Beyrouth. » C'est le moment d'ouvrir le chapitre Liban.

CHAPITRE V

– Huguette –

Juliette, ma grand-mère, avait trois sœurs : Henriette, dite « Yetta », Michèle, surnommée « Michou », et Huguette, sobrement appelée « Huguette » (certainement que « Guette » ou « Guetta » a dû être hasardé par un membre de la famille ou du voisinage, mais sans emporter les suffrages). J'ai rencontré quelques fois la première, aujourd'hui décédée, et davantage la deuxième, qui vit en Suisse et visitait souvent mes grands-parents lorsque j'étais enfant. Il y a quelques semaines, je me suis rendu au Liban, afin d'y revoir Huguette. Je dis « revoir », « connaître » serait plus judicieux. La dernière fois que j'ai rencontré ma grand-tante, je devais être âgé de deux ou trois ans, autant dire que je n'en garde aucun souvenir. Fin mars, je débarque donc à Jounieh où réside mon cousin Francky. Lui, c'est le fils de Michou et donc, si on suit bien, le neveu d'Huguette. Le lendemain de mon arrivée, je m'absente de l'appartement pour faire une course et, à mon retour, je suis tétanisé : Mémé est assise sur le canapé du salon, vêtue d'une robe rouge et pimpante. Trois ans que ma grand-mère est morte, plus d'un millier de jours sans l'entendre parler ni la regarder se mouvoir, j'en avais oublié jusqu'à ses gestes secs de la main pour dire « *Yallah* », et là, en ce mercredi de mars à 15 h 32, son fantôme me parle. Mêmes tête intonations mouvements. C'est à la robe que mon cerveau a réalisé qu'il ne s'agissait pas de ma grand-mère ; en quarante ans, je n'ai jamais vu Mémé porter de rouge. Quelques instants après avoir repris mes esprits, je montre à ma grand-tante une vidéo que j'ai conservée de ma grand-mère sur mon ordinateur. « C'est fou, on dirait moi, s'étonne Huguette, qui porte ses lunettes à ses yeux. Ah non, c'est ma sœur… » Ouf, je ne suis pas fou, l'intéressée elle-même confirme que mes impressions n'étaient pas erronées. Ma grand-tante, qui souffre de diabète et se pique à l'insuline trois fois par jour, s'enfile ensuite une énorme part de gâteau sous le regard réprobateur de Francky et je lui raconte *Turco*, mon projet de livre sur son oncle. « Oui, "Turco", c'était peut-être comme ça qu'on le surnommait en Italie, mais au Moyen-Orient on lui avait donné le nom arabe de "Abba Bahr", qui veut dire "Le père de la mer". Celle qui a éduqué Francesco, et à la dure, c'est ma maman, née en 1895, huit ans avant lui. Mon oncle était très sympathique. Il venait régulièrement à Beyrouth, même qu'il y a vécu quand il travaillait pour Alfa Romeo dans les années cinquante. » Comment ça, Huguette ? Tu ne savais pas qu'il s'agissait d'une couverture ? Antonio, ton cousin germain, m'a expliqué qu'Alfa Romeo, c'était du pipeau : ton oncle travaillait pour les services secrets… « Ah bon ? »

– T'as pas aimé ? –

Trois jours après cette première rencontre, je me rends au domicile de ma grand-tante, à Ain Saadeh, village situé au nord-est de Beyrouth. Son immeuble, perché sur une colline surplombant la capitale libanaise, offre un généreux point de vue sur la ville et la mer Méditerranée. Tapis orientaux, marqueterie, argenterie, j'y retrouve, en pénétrant dans l'appartement, ces morceaux de Liban qui ornementaient la maison de mes grands-parents paternels. Étonnant : l'odeur qui imprègne les lieux chez Huguette est la même que celle qui flottait chez sa sœur Juliette à des centaines de kilomètres de là. Ce midi, je suis invité à un de ces déjeuners dont on m'a prédit le pire. En France, on appellerait ça une orgie ; il n'y a que chez Pantagruel et ma grand-tante qu'on désigne cela par le mot « déjeuner ». En lieu et place du traditionnel entrée-plat-dessert, je me retrouve face à un entrée-entrée-entrée-entrée-plat-plat-plat-dessert-dessert-dessert. Par impudence, j'ose un « Non merci, je n'ai plus faim » au bout de la troisième assiette et reçois en retour un cinglant « Quoi, t'as pas aimé ? » qui m'ôte toute envie de prononcer à nouveau d'aussi extravagantes paroles vu le regard assassin qui me fixe et glace. Bon, d'accord Huguette, mais alors vraiment un tout petit peu… Je tends avec angoisse mon assiette, que remplit à ras bord la louche dégueulant de tout un tas d'orientalités, excellentes soit, mais par trop nombreuses, non non deux cuisses ça suffira, oui oui franchement. Puisque je te le dis… Après la quatrième assiette, j'essaie de m'en tirer par une pirouette : enfin Huguette, ils vont jamais me laisser monter dans l'avion à Air France, là tu comprends, je serai obligé de payer un supplément pour excédent de poids. Mais aucun argument, même aussi justifié et imparable que celui-là, n'est recevable pour ma grand-tante qui visiblement ne plaisante pas avec ça. Bref, c'est le ventre en vrac que je me vautre sur un canapé du bureau après le copieux repas.

Huguette, qui conserve ses archives personnelles dans un porte-documents, égrène sa vie au hasard des feuillets piochés devant moi : coupures de journaux, cartons d'invitation de l'ambassade des États-Unis, dépliants culturels du John F. Kennedy American Center of Beiruth. Au sortir de l'adolescence, elle avait voulu entrer dans les ordres. Sa grande sœur Yetta avait averti la jeune bigote que si elle s'y risquait, elle viendrait, accompagnée de la police, la récupérer par la peau du *tastouze* (tout le monde sait ce que c'est désormais, pas besoin de faire un dessin). Pour lui éviter la vie monastique, Yetta procura donc du travail à sa sœur. La jeune Huguette, qui parlait anglais, arabe et français, intégra ainsi l'ambassade américaine.

« Au début, ce n'était même pas une ambassade,

c'était une légation, me raconte la sœur de ma grand-mère tandis que je tente d'oublier les soubresauts qui agitent mon estomac, ça fait sploutch sploutch là-dedans. J'étais employée à la filmothèque. Puis je suis devenue la "secrétaire sociale" de l'ambassadeur. Afin de gommer mon côté européen, on m'a même envoyée deux mois aux États-Unis pour découvrir ainsi la culture américaine. Quand j'ai intégré le John F. Kennedy American Center of Beiruth, je travaillais jusqu'à 22 heures. Presque pas le temps de m'occuper de ma famille… »

J'observe ma grand-tante se plonger dans ses archives vieilles de quarante ou cinquante ans. Ici, une lettre incendiaire qu'elle avait adressée aux scribouillards qui concevaient le journal de l'ambassade, sorte de feuille de chou destinée au personnel diplomatique : *Vous ne parlez que des hommes. Est-ce normal pour la première puissance démocratique du monde ?* Là, une photographie d'elle prise le 23 août 1962 en compagnie de « Lady Bird » Johnson, l'épouse du vice-président américain Lyndon B. Johnson à qui elle avait servi d'interprète lors d'une visite au Liban. « Tiens, là c'est ton père sur la photo, me sort Huguette en ouvrant un journal libanais à la page de la rubrique "people". D'ailleurs, il avait un peu le béguin pour la petite… »

Hi hi, en dessous d'un article titré « Le barbecue des Nakfoor », je reconnais en effet mon futur géniteur, âgé de dix-sept ans, en compagnie d'une ravissante brunette prénommée Hiyam (tiens donc). Huguette me dit vouloir tout jeter à la poubelle, ces vieilleries n'intéressent personne. Au contraire, je lui rétorque, c'est important de conserver cela pour tes descendants. Je sais pertinemment qu'elle s'exécutera. Je la connais peu, mais, à l'instar de ma grand-mère, elle m'a l'air d'avoir son petit caractère. Et cela ne date pas d'hier. Contre l'avis de ses parents, elle a épousé en cachette un Libanais du nom de Nahman Nakfoor. Ces noces clandestines se sont déroulées à l'église Saint-Louis des Capucins de Beyrouth. Sa mère aussi s'y était mariée, ainsi que ses trois sœurs. Lors de mon séjour au Liban, je suis allé visiter cette enceinte catholique latine du centre-ville.

Vingt-cinq ans qu'en dehors de quelques mariages et autres enterrements je ne fréquente plus les églises, mais là, je voulais voir de mes yeux ce lieu que je ne connaissais qu'en photo. Au-dessus du lit de mes grands-parents, trônait en effet l'image, figée à Saint-Louis un 14 février, de ce grand type tout maigre et gominé (mon grand-père) et de cette pin-up blonde, vêtue de blanc et juchée sur un marchepied dissimulé sous la robe de mariée (ma grand-mère). C'était bien la première fois que je mettais autant d'application à chercher un lieu de culte car il me fallut deux heures pour débusquer l'endroit. Grande mosquée al-Omari *excuse me do you know where is the Saint-Louis church* Cathédrale Saint-Georges des Grecs orthodoxes *bonjour vous parlez français savez-vous où se trouve l'église Saint-Louis des Capucins ah c'est pas du tout dans ce quartier pourtant deux rues plus loin on m'a dit de tourner à droite* Église évangélique arménienne *no sorry I'm not looking for cash I'm looking for church my english accent is really so bad* Église protestante française *troisième rue à gauche mais je comprends rien j'en viens…* Curieux, le cerveau humain : je me retrouve au pied de l'interminable Beyrouth Tower et, en levant les yeux, me revient cette phrase, lue (et relue, c'est peut-être ça la raison) trente ans plus tôt : *Bien au-dessus des derniers étages, en haut, restait du jour avec des mouettes et des morceaux de ciel.* Adolescent, j'avais planqué *Voyage au bout de la nuit* de Céline sous mon sommier, comme on cacherait un exemplaire de *Playboy* avec le supplément gros seins, et j'avais beaucoup apprécié ce passage sur la découverte de New York par Ferdinand Bardamu.

Bref, je disais donc que j'avais passé en revue, au gré de tortueuses errances, la grande majorité des lieux de culte beyrouthins. C'était bien, cela me permettait de découvrir la ville tout en ayant un objectif : trouver cette fichue église. Quand on est athée, observateur extérieur donc, il est amusant d'imaginer que chacun de ces croyants, qu'ils soient orthodoxes, maronites, protestants, catholiques, musulmans ou que sais je encore, est persuadé que son culte est le bon. Le seul digne de foi. Et ça, à tout juste deux cents mètres du copain, à même pas quatre cents mètres d'un autre copain et à moins de six cents mètres d'encore un autre copain. Du reste, alors qu'on les somme de s'aimer les uns les autres, c'est rare qu'ils le soient, copains. Moi, je m'en fiche. Qu'ils se dépatouillent tous avec leurs dieux et leurs différentes manières de les adorer. J'ai d'autres problèmes : je suis plus souvent tourné vers les filles que vers les Mecques. Et pour ça, c'est peu de dire qu'il faut avoir la foi.

– Banana-split –

« Je viens d'apprendre que je suis panthéiste. » La dernière fois que j'ai rencontré Huguette, elle m'accueille avec *La dernière fois que j'ai rencontré Dieu*, un livre de Franz-Olivier Giesbert qu'elle a terminé la veille. « Je vois Dieu dans les belles choses qu'il a créées, un papillon, une plante… Je ne connaissais pas le terme, mais je suis donc panthéiste. » Sur la table du salon, à côté de l'ouvrage de FOG, le journal *L'Orient-Le Jour* est ouvert à la page des mots croisés. Il m'attendait. « Dis donc, toi qui écris, tu peux m'aider à trouver ce mot ? » Je considère avec circonspection la définition alambiquée. Et m'avoue rapidement vaincu, au risque de réduire à néant le crédit littéraire que m'accordait ma grand-tante. « Pas grave, dit-elle tout en rangeant le quotidien. J'attendrai d'avoir la solution dans le journal de demain… » Huguette me sort ensuite un livre en italien sur cent personnalités qui ont marqué le XXe siècle. Winston Churchill, Charles de Gaulle, le Mahatma Gandhi, ils sont tous là. Un chapitre y est consacré à son oncle, Francesco de Martini. Ah ouais, quand même… J'y lis que le Tonton est mort le 26 novembre 1981 à Grottaferrata, petite commune située à l'est de Rome dans la région des Castelli Romani, et qu'il est enterré au Sacrario militare del Verano.

J'avais fondé quelque espoir de recueillir auprès de ma grand-tante davantage d'anecdotes ou souvenirs sur son oncle, mais je ne veux pas la forcer ; je suis déjà ravi d'être là, en sa compagnie. Pour mon récit « demartinesque », au fond j'en sais déjà beaucoup avec ce que m'a raconté Antonio.

Huguette me parle de la fille de Francesco, venue habiter chez elle pendant un mois avec ses enfants et qui est morte d'une crise de diabète foudroyante (l'hyperglycémie doit être de famille, par chance j'ai arrêté de sucrer mon café il y a une dizaine d'années), puis évoque son autre oncle, Umberto, décédé neuf ans après son union avec Mona. À son décès, la comtesse a repris le nom Bismarck. Ensuite, Huguette me propose un petit verre d'arak, une eau-de-vie qui pourrait s'apparenter au pastis français, puis nous passons à la cuisine. Au contraire du déjeuner pris ensemble quelques jours plus tôt, le repas s'avère presque frugal : seulement une entrée et deux plats de résistance. Quant au dessert, elle a malicieusement prévu que nous le prenions « en ville ». Je suis presque déçu. Sur les conseils de Roula, l'épouse de mon cousin Francky, j'avais préparé une riposte. « Vous, les Français, vous finissez toujours votre assiette. La solution, c'est de ne pas terminer ton plat, sinon on va penser que tu as encore faim. » Ah, pas mal… Nous nous asseyons à la table en Formica® de la cuisine, tout comme le samedi chez ma grand-mère, en compagnie de Francis et Milou (je n'ai pas dit « Tintin et Milou », j'ai dit « Francis et Milou »). Francis, qui ne parle qu'arabe, officie comme chauffeur auprès d'Huguette. Elle a recours à ses services quand elle a besoin de se déplacer, pour les courses, la messe ou les visites à ses amis. Aujourd'hui, Huguette a prévu de m'emmener dans le centre de Beyrouth, Francis est donc réquisitionné. Milou, c'est l'aide à domicile.

Âgée de quatre-vingt-sept ans, Huguette a travaillé jusque très tard. Après l'ambassade américaine et le John F. Kennedy American Center, elle a géré les relations publiques du député Nassib Lahoud et même après le décès de l'homme politique en 2012. Aujourd'hui, elle est fatiguée par une longue vie de labeur et se déplace lentement. Milou prend soin d'elle, qui contrôle sa prise de médicaments, ses trois piqûres d'insuline quotidiennes et, surtout, que sa dangereuse passion des pâtisseries ne l'expédie plus vite que prévu six pieds sous terre. Milou, qui parle arabe elle aussi, est éthiopienne. Universitaire, elle ne trouvait pas de travail dans son pays. Comme des dizaines de milliers de congénères, elle s'est exilée au Liban. Elle dispose de sa chambre chez celle qu'elle appelle « madame Nakfoor » et envoie une partie de son salaire à sa mère. Assise sur un tabouret de la cuisine, Milou nous regarde déjeuner, Huguette, Francis et moi. D'ordinaire, m'explique ma grand-tante, elle mange à table, mais là elle fait carême. Un carême extrêmement rigoureux de cinquante jours, au lieu des quarante réglementaires. Francis marmonne dans sa barbe. Je ne saisis rien de ce qu'il baragouine. Il jalouse ton verre d'arak, me traduit Huguette. Lui n'y a pas droit, il conduit cet après-midi.

On sonne à la porte et nous sommes interrompus par Abdelaziz, le concierge égyptien de l'immeuble, qui se présente avec deux assiettes. Huguette l'introduit dans la cuisine et lui remplit ses écuelles, *choukran*. Je l'observe repartir en effectuant un impressionnant numéro d'équilibriste ; j'ignore d'ailleurs comment il a pu appuyer sur le bouton de l'ascenseur sans renverser les plats remplis à ras bord. Enfin, il a l'habitude : quand ma grand-tante cuisine, il profite de ses largesses. Le déjeuner expédié (je m'en tire vraiment bien : une seule portion de chaque plat), nous quittons l'appartement et embarquons dans la voiture de ma grand-tante. Véhicule qui deviendra celui de Francis au décès d'Huguette, qui l'a couché sur son testament. Ma grand-tante s'installe à droite du chauffeur et je prends place à l'arrière avec Milou. Nous rigolons, l'Éthiopienne et moi, de voir ce vieux couple s'engueuler tout le long du trajet. Quelques jurons arabes plus tard, nous nous garons devant l'église Saint-Jean, en plein quartier chrétien de Beyrouth. Huguette, Milou et moi pénétrons dans l'enceinte et traversons la nef. Accroché derrière l'autel, un tableau représente Jean le Baptiste sur la rive du Jourdain, le fleuve qui a donné son nom à la Jordanie. Il verse de l'eau sur la tête de Jésus, le gars qui a donné son nom aux Jésuites. Derrière les deux prophètes, vêtue d'une robe rose, ma grand-mère Juliette observe la scène, mains dans le dos et nattes sur la tête. Oui, ma grand-mère Juliette, qui n'a pas connu Jésus (n'exagérons rien) mais qui a servi de modèle alors qu'elle était enfant à l'auteur du tableau, le peintre libanais César Gemayel. « Juliette était très belle, me raconte Huguette. D'ailleurs, toi qui écris sur l'oncle Francesco, tu peux marquer qu'elle représentait pour lui le summum de la beauté. » Milou me tend son téléphone portable et, à ces gestes, je comprends qu'elle veut que je la photographie. Elle se couche devant l'autel en effectuant le V de la victoire avec ses doigts. J'ignore où ce magnifique cliché terminera sa brillante carrière, mais je m'exécute de bonne grâce. Clic. Encore une autre ? C'est une maladie, bougonne Huguette, il faut toujours qu'on la prenne en photo… Nous retrouvons Francis, qui nous attend dehors, pour nous rendre à l'école des sœurs de Besançon, où ma grand-tante et ma grand-mère étudiaient lorsqu'elles étaient enfants. Nous nous enfonçons dans Beyrouth qu'Huguette ne reconnaît plus tant la ville a changé depuis quelques années.

L'école n'a, pour sa part, pas bougé d'un pouce. Le jardin, s'émerveille Huguette, est le même qu'il y a quatre-vingts ans. Nouvelle séance photo devant un palmier. Milou pose sa tête sur l'épaule de ma grand-tante. L'affection qu'elle voue à sa patronne n'est pas feinte. Huguette est très émue de replonger dans les lieux de son enfance. À l'accueil, elle explique qu'elle a étudié ici dans les années quarante et la secrétaire lui présente un vieux livre sur l'école. Huguette promène son doigt sur chacun des clichés. Oh, là c'est unetelle… Oh là, c'est moi… On nous indique que la directrice, sœur Je-ne-sais-plus-quoi, veut nous rencontrer. Après un détour dans la chapelle où ma grand-tante se recueille quelques instants, nous pénétrons dans le bureau de la directrice. Le visage d'Huguette s'illumine lorsque sœur Bidule-Chouette lui présente une boîte de chocolats. Elle me toise d'un air de dire « Toi, tu la fermes et tu dis rien à Milou » et plonge la main dans l'objet du délit. Madame la directrice, ce n'est pas bien ce que vous faites là, dis-je à sœur Truc-Machin. Ma grand-tante est diabétique. Vous allez l'envoyer direct au paradis. Quelques minutes plus tard, nous retrouvons Milou, toujours en train de s'adonner aux selfies dans le jardin. Elle a raison Huguette, c'est une vraie maladie chez cette fille. L'Éthiopienne, qui connaît « madame Nakfoor » comme sa poche, remarque aussitôt le reste de chocolat dissimulé dans la main de sa patronne et le confisque. Huguette est vexée, mais elle sait que l'heure de la revanche sonnera bientôt.

Au programme de notre balade est en effet prévu que « Sylvain prenne un dessert » et que « Milou ingère quelques aliments » (il est 15 heures passées, sa religion le lui autorise après cet horaire, allez donc savoir pourquoi « 15 heures »; pour la Bible, je me suis arrêté à la page cent vingt-quatre). « Tu sais que les glaces sont excellentes ici ?, me sort Huguette. Ton grand-père Pierrot disait toujours qu'il était prêt à prendre l'avion rien que pour manger une glace à Beyrouth… » Toute la petite troupe s'installe donc à la terrasse d'un restaurant du port de plaisance et Huguette consulte la carte des desserts. « Alors qu'est-ce que tu vas prendre ? Je vais te choisir… Tiens, banane chocolat », dit-elle en reposant la carte, dont je me saisis aussitôt. Je suis moyennement chocolat, encore moins banane, et mon choix se porte plutôt sur un dessert aux fruits rouges. Après quelques tractations en arabe dont j'ignore la teneur (sans doute la perspective d'une augmentation), ma grand-tante obtient de Milou l'autorisation de commander la fameuse banane chocolat, mais pour elle. Sourire d'enfant.

Voilà, c'était le chapitre Huguette. J'espère la revoir un jour, et pas dans quarante-deux ans. Je ne serai plus là.

CHAPITRE VI

– Bouée de sauvetage –

C'est ce soir-là, on était le 27 mars, qu'il m'est arrivé un événement improbable. Improbable, au point d'y consacrer un chapitre. Il n'y a pas de raison, pourquoi ce serait toujours mon arrière-grand-oncle Francesco qui vivrait des choses incroyables. Au début de mon récit, j'ai posé un mot puis deux puis quatre, trouvé drôle de me remémorer cette histoire de rôti-patates, ça formait quelques phrases, j'ai essayé de rassembler mes souvenirs au sujet de cette grand-mère décédée trois ans plus tôt, ça constituait assez vite un paragraphe, mais je ne savais pas du tout où j'allais. Et dans quoi je me lançais. Puis, à deux reprises, je me suis senti bien. La première fois, c'était sur le balcon de mon cousin Antonio. Il était 8 h 43 précises, j'ai consigné l'heure dans le bloc-notes de mon téléphone. Je prenais un café en contemplant le Tibre et les monuments romains qui ne le jalonnaient que pour moi en cet instant. Cela a dû durer trois minutes, pas plus. Pendant quelques poignées de secondes en effet, je me suis projeté au-delà du lendemain. C'était un 29 janvier. Il faisait un froid, qui ne m'atteignait pas. Vivement mars et le Liban, ça m'est sorti comme ça. Moi ? Moi, j'ai pensé « vivement mars » ? Ah tiens… Et puis la deuxième fois, c'était donc le 27 mars. D'abord à 19 h 12, je l'ai noté aussi, et un peu plus tard dans la nuit, je vais y venir. En début de soirée, j'étais assis en terrasse d'un bar de Jounieh, avec vue sur l'hypnotisante porte de garage métallique qui se trouvait de l'autre côté de la voie. Je venais de rentrer de Beyrouth, dans un de ces minibus conduits par un danger public qui a passé son trajet à vitupérer sur les piétons en même temps qu'il malmenait son volant. À quelques tables de moi, deux types fumaient le narguilé. J'ai eu envie d'essayer et en ai commandé un, tabac saveur menthe-pomme. Le serveur, qui avait posé l'appareil à côté de mon siège, repassait souvent l'alimenter en charbon. Je tirais benoîtement sur le manche, en m'amusant du concert de bouillonnements produit par les pipes à eau de mes voisins : notre orchestre de fortune était loin de jouer en rythme. Là aussi, la sensation de bien-être s'est étendue sur plusieurs minutes. Pas longtemps, mais assez pour que je m'en rende compte. Depuis des mois, je broyais un noir qui ne figurait même pas dans le nuancier Pantone. Et finalement : 8h43, 19h12. C'était bien d'avoir attrapé la bouée de sauvetage Francesco de Martini. Un type qui ne savait même pas nager.

– Francky –

Si je m'étais posé à cette terrasse de Jounieh, c'est que j'étais en avance. J'avais rendez-vous une heure plus tard avec Francky. Mon cousin est ce qu'on pourrait appeler une forte personnalité (je n'écris pas *grande gueule*, il pourrait se vexer). Il manie, avec une aisance incroyable et sans accent, arabe, anglais et français. Et en joue en fonction des situations. Il peut ainsi se glisser dans la peau d'un touriste américain devant des militaires libanais qui nous empêchent de traverser une rue. C'est par exemple arrivé le jour de la venue à Beyrouth du secrétaire d'État américain Mike Pompeo. Le carrefour était bloqué et nous voulions nous rendre dans un musée situé derrière le barrage improvisé par l'armée, *excuse me Sir but we have to go there*. Au contraire, il use de l'arabe lorsqu'un couple louche, une jeune blonde ayant l'air russe et un type plus âgé ayant l'air rustre, nous arrête sur le trottoir pour, supposément, nous demander de corriger un poème en anglais. Hein ? Francky ayant coupé court, nous n'avons pas compris en quoi consistait l'escroquerie, mais nous avons aperçu quelques instants plus tard les deux intrigants reproduire la manœuvre sur de pauvres Asiatiques. Francky est aussi du genre à vous sortir du lit à sept heures du matin, en pénétrant en trombe dans la chambre : « Allez, debout le Shadok… Tu dormiras quand tu seras mort. » Shadoks, c'est ainsi qu'il désigne les Français, du nom des personnages idiots et méchants de la série télévisée créée par Jacques Rouxel en 1968. Il me rappelle sa mère, Michou, cette tornade ambulante qui ravageait la paisible maison de mes grands-parents à chacun de ses séjours nantais. Je dormirai quand je serai mort, je dormirai quand je serai mort. C'est sûr qu'à ce rythme, ça ne saurait tarder, tellement Francky m'a épuisé avec ces réveils en fanfare durant les dix jours passés chez lui. Moi, avant de me lever, j'ai mes petites habitudes. J'ai besoin d'écouter tranquillement la radio pour sortir de ma torpeur. « Qu'est-ce que tu fais ? Tu écoutes RTL ? », me demande-t-il en ouvrant avec fracas fenêtre et volet. Non, France Inter. « Ah, vous les Français vous êtes tous pareils. Ça me rappelle vos plages dans les années septante... Tout le monde avec son poste de radio. Et ça parle, et ça braille, pour ne rien dire... » À peine le temps d'enfiler un pantalon et me voilà dans la voiture avec lui et sa femme, pour déposer leurs enfants Rodolphe et Romy à l'école. Les deux petits pénètrent dans la cour de l'établissement et Francky nous laisse, Roula et moi, le temps de s'acquitter de la facture de l'école. Puis reprend sa place au volant : « Qu'est-ce que vous faites ? Vous avez couché ensemble ? – Non, on a juste évoqué l'idée, lui répond son épouse. – Vous auriez dû... » Bref, pourquoi je disais ça ? Ah oui, je voulais résumer Francky (bon sinon, il est sympa quand même).

– Jean –

Quelques jours avant ce 27 mars, Francky m'amène dans un bar-restaurant de Jounieh. Punta del Este, c'est son nom, dispose d'une magnifique avancée sur la Méditerranée, dont je ne peux profiter ; la terrasse n'est pas encore ouverte en ce frisquet début de printemps. Mon cousin veut à toute force me présenter au DJ attitré de l'établissement : Jean, un Libanais qui parle français. « Tu verras, il est incroyable, s'enthousiasme Francky. Dans son ordinateur, il a en stock au moins vingt mille morceaux, qu'il sélectionne en fonction de l'ambiance. Sa culture musicale est impressionnante. Quand il a fini de mixer dans les bars, il rentre chez lui et passe le reste de la nuit à débusquer de nouvelles perles sur Internet. » Je suis donc briefé quand nous nous asseyons au comptoir où Jean a posé son matériel. Francky allume un cigare, Jean un cigarillo, moi une Camel (il est encore permis de fumer dans les bars libanais, et ce n'est pas près d'être proscrit). Un serveur prend notre commande. Pour moi, mojito, plus un paquet de cigarettes. Jean passe un morceau que j'identifie aussitôt. C'est un traditionnel colombien, non ? Oui, me répond-il, surpris de mon à-propos. J'ai assurément marqué des points.

À un moment de ma vie, mais c'est loin tout ça, je pouvais identifier à une table de Latino-Américains qui était qui. Chiliens, Colombiens, Argentins, Péruviens, tous parlent espagnol, mais se distinguent par des idiomes différents. Dans la chanson passée par Jean, j'ai reconnu le mot *vaina*, spécifique à l'espagnol de Bogotá, élémentaire, mon cher Watson. Je commande un deuxième mojito et nous devisons musique. J'avais déjà remarqué cela à Beyrouth : le service est impeccable. Le personnel te change le cendrier à peine tu as écrasé ta clope. Et puis jamais d'attente pour recommander un verre, direct le serveur arrive. On boit vite du coup, j'en reprends un troisième. Un peu grisés, nous abordons le chapitre des Libanaises qui, à moi le petit Français, ne m'ont pas particulièrement tapé dans l'œil. Nez bouche seins, elles sont toutes passées sous le bistouri. Je préfère les femmes pas refaites aux femmes parfaites, dis-je pour amuser la galerie. J'en suis à mon xième mojito quand nous prenons congé, Francky et moi. Avant cela, j'ai eu le temps de dire à Jean qu'il ressemblait à un personnage de roman, Vernon Subutex, un DJ expérimenté qui toujours place le morceau approprié au bon moment, tu devrais le lire. Il note la référence, sans doute par politesse, mais j'imagine qu'il n'est pas aisé de se procurer l'ouvrage. Au moment de nous acquitter de nos consommations, Jean fait de grands gestes en direction du responsable du Punta. Nous n'aurons pas le droit de payer. Mojitos, cigarettes, pourtant j'ai abusé. *Niet*, me répond le restaurateur quand je tends avec insistance ma carte bleue. Le lendemain de cette soirée, j'explique à Francky et Roula que je suis gêné. Je n'ai pas l'habitude de me faire rincer de la sorte. Je demande à ma cousine, grande lectrice, s'il serait possible de se procurer le livre de Virginie Despentes à Beyrouth. Je l'offrirais ainsi à Jean, ce serait une manière de. Oui, on va le commander à la librairie Antoine, me rassure Roula.

– *Al Bint El Chalabiya* –

Le 27 mars, quelques jours plus tard donc, je fume menthe-pomme. Sur ma table, est posé un sac plastique au logo « Antoine ». Dedans : les trois tomes de *Vernon Subutex*. Mon narguilé terminé, je me rends au Punta del Este. Jean est déjà là, qui installe son matériel avec nonchalance. Nous discutons tous les deux, sans Francky, qui ne va pas tarder. Et je lui offre les trois tomes de Virginie

Despentes. Jean ne le lira peut-être jamais. Mais il est touché, je le sens, ça doit pas être souvent que. Là, j'accepte ton mojito, lui dis-je pour mettre un terme à son trouble (il est, je le vois, aussi gêné que je l'ai été quelques jours plus tôt). Francky arrive. Jean travaille. Mon cousin et moi, nous nous isolons à une dizaine de mètres du comptoir où nous avions passé la « soirée mojito », appelons-la comme ça. Ce soir, Francky a tombé le masque de « l'homme fort » qu'il arbore – ou veut arborer – en permanence. « Tu sais, je suis vraiment heureux que tu sois venu au Liban et qu'on apprenne à se connaître. Au fond, on a le même sang, mais quel est notre dénominateur commun ? » *Dénominateur commun*, c'est au moment précis où il a prononcé ces deux mots qu'une larme a perlé sur sa joue. Une larme ? Oui, je ne rêvais pas, une larme sur la joue de ce type *a priori* infaillible et si sûr de lui. Tu pleures, Francky ? « Écoute ce morceau… », parvient-il à bébégayer. Alors oui, j'écoute. Je ne sais pas ce que c'est, on dirait une sorte de vieille chanson en arabe, mais arrangée façon électro. « C'est un remix d'*Al Bint El Chalabiya*, de Fairuz. Le morceau préféré de ton arrière-grand-mère. Ma grand-mère. On l'a passé dans l'église, à l'enterrement de Yetta. » Oh putain. Jean, c'est Vernon. Tu sens tout, Jean. Tu sais tout. Je me demande si, à l'instar d'Antonio, je ne deviendrais pas un peu « demartiniste » moi aussi.

CHAPITRE VII

– Revenir –

Mes chapitres sont de plus en plus courts, non ? J'avoue ne pas beaucoup donner dans les descriptions. Je laisse ça aux autres Sylvains, les Tesson par exemple. Quand j'aborde le Liban, je pourrais, si je voulais, évoquer les odeurs de jasmin dans la rue, le Klaxon® qui règne en maître, le chauffeur de taxi au français approximatif qui, au bout d'une demi-heure de trajet embouteillé, me demande si je fume et s'allume une cigarette quand je réponds par la positive en m'indiquant qu'il y a un « calendrier » dans le renfoncement de ma porte, un « cendrier » vous voulez peut-être dire, ah oui désolé j'ai appris le français à l'école mais je me rappelle juste les sons. Je pourrais aussi raconter que, dans la rue où vivait ma grand-mère (sa maison a été rasée), plusieurs restaurants s'agglutinent. Une fois, j'ai bu un verre dans un de ces établissements et assisté au ballet continuel des voitures de luxe. Au Liban, on aime voir et être vu. Alors on arrive, le plus ostentatoire possible, on donne la clef de sa Ferrari au voiturier et on se pose en terrasse pour fumer le narguilé et regarder un autre type qui arrive, le plus ostentatoire possible, qui donne la clef de sa Porsche au voiturier et qui se pose en terrasse pour fumer le narguilé et regarder un autre autre type qui arrive, le plus ostentatoire possible, qui donne la clef de sa Rolls-Royce au voiturier et qui se pose en terrasse pour fumer le narguilé et qui oh purée la nana comment elle est toute refaite, y a que le moteur qu'a pas été « tuné ». Je pourrais aussi narrer ma promenade à Byblos, mais j'étais d'humeur maussade ce jour-là. Un aussi beau site archéologique, ça ne se visite pas seul, mais avec une amoureuse. Ah oui, d'ailleurs, « je suis maussade aujourd'hui », il ne faut jamais dire ça à Beyrouth. Ça pourrait être mal interprété, Israël et Liban sont toujours officiellement en guerre : aucun accord de paix n'a été signé entre eux depuis la création de l'État hébreu en 1948.

Qu'est-ce que je pourrais écrire d'autre ? Si, que le nom « Liban » vient de « yaourt ». Oui, yaourt. Les Arabes, qui ne connaissaient que le désert, voyaient du yaourt en haut des montagnes. Je pompe Wikipedia, ce sera plus clair : *Le nom* Liban *vient de la racine sémitique* lbn signifiant « blanc » *ou* « lait »*, en référence au manteau neigeux qui recouvre les montagnes libanaises en hiver, un paysage plus que singulier dans cette région aride et déficitaire en eau qu'est le Proche-Orient.* Que dire de plus au sujet de ce pays que j'ai découvert si tard ? Si, je sais. Pour en revenir à mon arrière-grand-oncle Francesco de Martini, ah tiens je l'avais oublié celui-là, un jour j'ai risqué une indiscrétion auprès de son fils Antonio. Dis donc, avec tous les voyages qu'a effectués Francesco, tu ne sais pas si tu as un demi-frère quelque part dans le monde ? Et c'est là qu'il m'a parlé de Beyrouth. « Pour répondre à ta question, que j'ai moi-même posée à mon père, il m'a assuré que non. Pourtant, à Beyrouth, lors d'un de mes voyages professionnels, j'ai rencontré un type qui m'a dit qu'on était "presque parents" car sa mère était amoureuse de mon père. Une fois, je devais avoir douze ans, mon père s'est rendu chez cette dame et m'a demandé de l'attendre dans le hall. Je pensais qu'ils devaient discuter affaires… J'ai patienté trois quarts d'heure. » Si ça se trouve, j'ai encore un autre cousin au Liban. Un nouveau prétexte pour revenir.

– Trois millions de dollars –

Quand j'étais à Rome, Antonio m'a narré un épisode fameux concernant Beyrouth et son père. Nous sommes à l'automne 1958. Gamal Abdel Nasser, le président de la république d'Égypte, veut provoquer une révolution au Liban. L'économie ne va pas bien. La population non plus. Les partisans de Nasser préparent donc une révolte et veulent organiser une manifestation. Francesco de Martini a vent de la chose et élabore un stratagème pour couper l'herbe sous le pied au leader égyptien. Il réquisitionne le porte-avions américain Forrestal qui circule en mer Méditerranée. Ce navire a été baptisé ainsi du nom de James Forrestal, secrétaire à la Marine des États-Unis de 1944 à 1947, puis secrétaire à la Défense de 1947 à 1949, avant d'être retrouvé mort le matin du 22 mai 1949, sur un toit situé treize étages en dessous de sa chambre. Il s'est suicidé quand on a découvert qu'il était homosexuel, m'explique Antonio, qui termine sa parenthèse (y a pas que moi, lui aussi a droit à ses petites parenthèses de temps en temps). « La crise s'est dénouée quand les Marines ont débarqué sur le port de Beyrouth, sans tirer un coup. » Enfin, certains en ont quand même tiré, mais pas avec la même mitraillette. Les prostituées de la ville ont en effet été débordées. Et pas qu'elles d'ailleurs. Cireurs de chaussures, barbiers, vendeurs de glaces, de tapis ou de cartes postales, tenanciers de café ou de restaurant, d'un coup tout le monde est devenu riche. Francesco a distribué des centaines de dollars à chacun des trois mille soldats américains, avec pour ordre de les dépenser dans la capitale libanaise en trois heures. Les Marines ne devaient plus détenir un seul billet en remontant à bord du navire amiral. « Chacun a pu ainsi payer ses dettes, s'acheter à manger... », commente Antonio. J'imagine bien Abdallah (appelons-le « Abdallah », c'est comme les Michel en France, il y en a six cent mille), paradant au souk avec sa femme : « Tiens, chérie, que dirais-tu si je t'achetais ce magnifique caftan ? » Je me représente alors Salma (appelons-la « Salma », y en a moins que les Michel, mais il doit quand même y en avoir pas mal) rétorquer à son mari : « Mais enfin, "Abdou", nous n'avons plus un sou. On n'a même pas encore réglé notre dernière facture EDF. Tu es fou de vouloir dépenser autant dans un vêtement… » Et puis Abdallah aurait formulé : « Si, si, j'insiste. Ça me fait plaisir. Ne t'inquiète pas, ma chérie. Regarde tous les dollars que j'ai dans la poche… » Ah mais y a pas de poches sur une djellaba, c'est pas crédible mon bazar.

Bon ben revenons à nos moutons, je redonne la parole à Antonio, ça vaut mieux : « Résultat, personne ne s'est rendu au meeting des nassériens quelques jours plus tard. Tu te rends compte, trois millions de dollars de l'époque injectés en seulement trois heures dans l'économie du pays. C'était considérable. » Futé l'arrière-grand-oncle…

« Je suis retourné au Liban en 1977, poursuit Antonio. Une société italienne m'avait demandé d'aller en Syrie. Au retour, je me suis arrêté à Beyrouth pour voir de mes yeux les "événements". Je me suis rendu dans le quartier de Zaitouneh. C'était une zone de combat. Derrière l'hôtel Excelsior, il y avait un barbier. Ma technique de pénétration dans les endroits arabes inconnus, c'est d'aller chez le barbier. Ça aide à comprendre les choses. Le type était très curieux, il n'y avait pas de clients, il m'a posé plein de questions, pourquoi je venais dans cet endroit aussi dangereux. Je suis venu jeune, je lui réponds. Le barbier avait vraiment la nostalgie de cette année 1958. Et puis je lui ai appris que j'étais de la famille de Prosper Gay-Para... C'était un grand homme, il a dit. » Parenthèse Prosper ?

– Oui, parenthèse Prosper –

Clint Eastwood, Brigitte Bardot, Jack Nicholson, Simone Signoret, Mick Jagger, Grace Jones. Je tape le nom « Prosper Gay-Para » sur Google et apparaissent aussitôt les photos en noir et blanc de toutes ces vedettes. Parce que Prosper, youpla boum, c'était peut-être le roi du pain d'épice, mais c'était aussi celui des nuits beyrouthines et tropéziennes. Je déniche illico un résumé de sa vie fastueuse. Prosper était le cousin germain de ma grand-mère Juliette (ça, ce n'est pas dit sur Internet). Sa mère, Nada Mokadié, a épousé Alphonse Gay-Para et de cette union est né le 24 avril 1914 le petit « Jean-Prosper », plus sobrement appelé « Prosper ». Jean-Prosper, je ne m'en remets pas... Je savais qu'on avait beaucoup d'humour dans la famille, mais celle-là fallait quand même oser. Jean-Prosper... Un article du journal *L'Orient-Le Jour* m'indique que son père, mort en 1919, fut cuisinier, avant d'ouvrir son propre restaurant, devenu plus tard le Casino Alphonse. À l'âge de quinze ans, l'orphelin s'occupe de l'établissement avec son oncle, Raffoul Mokadié. « Je dormais là-bas, je mangeais là-bas... », raconte-t-il à la journaliste Carla Henoud. En 1934, il y travaille à plein temps, dès la fin de son service militaire. Le casino est devenu le « repos du guerrier » des officiers français (je rappelle que le Liban est sous protectorat français à l'époque). En 1935, le Casino Alphonse est renommé Kit Kat. Plus tard, ce music-hall accueillera Charles Aznavour, Édith Piaf ou Henri Salvador, ainsi que des invités de marque, comme Antoine de Saint-Exupéry. Sans trop s'avancer, on peut même affirmer que c'est au Kit Kat que l'écrivain a trouvé la réplique qui a rendu célèbre son Petit Prince. Saint-Ex a dit au barman : « Donne-moi un Mouton ». Le serveur, sans doute à cause de la barrière de la langue, oui c'est comme mon histoire de chauffeur de taxi qui a confondu « calendrier » et « cendrier », n'a pas compris que son client voulait juste se taper un petit verre de Mouton Rothschild et lui a dessiné un crobard sur un set de table. Cette même année, Prosper ouvre, au sous-sol, la Taverne du Kit Kat. Je reprends les propos du cousin Gay-Para dans *L'Orient-Le Jour* : « C'était une petite salle intime, joliment décorée, qui prenait vie à partir de minuit, avec un orchestre de music-hall qui créait une ambiance du tonnerre. Je voulais inculquer aux Libanais un mode de vie "à la parisienne" ». En 1939, la Seconde Guerre mondiale éclate. On intime au Kit Kat l'ordre de fermer. L'établissement rouvre cependant cinq jours après. « Il fallait entretenir les troupes de 18 à 22 heures. Plus de cent "mobilisés d'Orient" mangeaient là tous les soirs. » En janvier 1940, Prosper décide, avec l'oncle Raffoul, de transformer un immeuble abandonné en hôtel. Ce sera Le Normandy. « J'y ai créé le premier cabaret avec orchestre. Le Tout-Beyrouth venait danser et se défouler. » Le 20 janvier 1952, Prosper inaugure l'hôtel Palm Beach. « Nous avions cent dix clefs et nous étions tout le temps complets. La boîte de nuit de l'hôtel suivra dans la foulée. Le Corsaire était une très petite boîte, avec un chanteur et trois guitaristes. Les gens venaient dîner et danser. » Le 30 mars 1955, l'hôtel Excelsior voit le jour. Enfin, voit surtout la nuit : ses Caves du Roy comblent de bonheur les noctambules libanais. « Un orchestre de six musiciens réchauffait l'ambiance à partir de 21h30. C'est ici que les femmes ont commencé à danser seules. Le twist et le tamouré. » En 1967, Prosper inaugure en France l'hôtel Byblos, berceau des nuits tropéziennes où défileront les vedettes citées plus haut. À cause de la guerre de 1967 entre Israël et les pays arabes, Prosper s'exile en France. Lors de mon séjour au Liban, je suis allé voir les hôtels de ce lointain cousin. Criblés de balles.

– Seize ans –

Dans le capharnaüm des notes que j'ai prises au Liban, j'ai retrouvé cette phrase : *Le téléphone ne sonnait pas chez mes grands-parents*. Je ne me rappelle plus qui m'a tenu ces propos. Peut-être mon cousin Michael, l'un des deux fils d'Huguette, avec qui j'ai déjeuné un jour à Beyrouth. Au début de la guerre civile, Michael et son frère Nadim ont en effet été expédiés à Nantes, se réfugier chez mes grands-parents. Huguette voulait éviter que ses gamins se prennent un tir de roquette. Revenus au Liban pour les fêtes de Noël, les deux petits ont supplié leurs parents de ne pas les renvoyer chez Tonton Pierrot et Tata Juliette. Voilà, j'ai noté *Le téléphone ne sonnait pas chez mes grands-parents* et je réalise en effet que personne n'appelait jamais chez ma grand-mère paternelle (au contraire de chez ma grand-mère maternelle ; si France Télécom a pu intégrer, en 1997, le marché boursier, c'est en partie grâce à Mamie). Comme je l'ai raconté au début de ce récit, Mémé n'avait pas d'amis et se satisfaisait de l'entretien de sa maison. Plus j'avance dans l'enquête sur mes origines, plus je m'étonne de l'avoir débutée dans la minuscule cuisine de ma grand-mère. Un James Bond qui sauve un empereur, un Eddie Barclay qui anime les nuits des stars à Beyrouth, un médecin qui épouse une comtesse peinte par Salvador Dalí, une secrétaire de l'ambassade américaine qui sert d'interprète à la future Première dame des États-Unis, un directeur de chaîne de télévision italienne, je croise au hasard de mes recherches une galerie de personnages que je n'aurais pas osé inventer. Et encore, je n'ai pas évoqué Michou, la sœur de ma grand-mère, qui, du haut de ses fonctions à la Croix-Rouge internationale, tutoyait la majorité des chefs d'États arabes. Pourquoi ma grand-mère s'était-elle enfermée dans sa cuisine ? Était-ce son exil pour la France qui l'avait transformée de la sorte ? Ou avait-elle, dès l'adolescence, des prédispositions à la misanthropie ?

Je commence à comprendre mon père, quand il me disait que son premier séjour au Liban avait été un choc. Il avait treize ans. Habitué à l'univers confiné de son domicile nantais, il s'était trouvé propulsé d'un coup dans des cousinades réunissant deux cents personnes, au milieu de parents moyen-orientaux tous plus extravagants les uns que les autres. C'est marrant, il m'a fait vivre la même chose à l'adolescence. Je me souviendrai toujours de la fois où il m'a écrit *maria carolina est décédée bisous*. Mon père ne s'embarrasse pas avec la littérature. D'habitude, quand on envoie un SMS comme celui-ci, on met un point entre le funeste « décédée » et l'incongru « bisous ». J'aurais même concédé une virgule. Enfin passons, Maria Carolina était morte et c'était un pan de mon adolescence qui s'effondrait. Cette femme m'avait donné son affection et traité comme un de ses fils lorsque je vivais chez elle à l'âge de seize ans. Quand mes parents, avec lesquels je ne m'entendais plus, m'avaient proposé d'aller voir si l'herbe était plus verte en Colombie (pas celle à laquelle on pense d'emblée), j'avais accepté et j'étais parti quelques mois à Bogotá. Maria Carolina avait un fils de mon âge, Alejandro, et j'avais très vite été décontenancé par la liberté dont il jouissait. Comment? Il était possible d'aller boire un verre avec des amis le soir? Prends la voiture si tu veux, mon chéri, proposait même ladite Maria Carolina (à seize ans, on a le droit de conduire en Colombie). Je n'en revenais pas. Alejandro sortait beaucoup, ses parents savaient chaque fois où il se trouvait et le laissaient donc picoler gentiment avec ses amis. Chez moi, on va dire que c'était un peu la prison. Enfin, c'est évacué aujourd'hui. Même qu'avec ce récit sur Francesco de Martini, je comprends mieux mon père aujourd'hui.

CHAPITRE VIII

– Dix contre un –

Hier soir, j'ai écrit jusque tard. Et puis d'un coup, plus d'idées. Je suis donc descendu du bateau, prendre un peu l'air de la terre. Le long de la berge, un parking accueille les voyageurs qui se rendent à la gare. En ce début de vacances estivales, l'endroit ne désemplit pas. J'ai marché quelques dizaines de mètres, entre les voitures, sans trop d'objectif, si ce n'est peut-être celui de trouver une idée, pour cesser de marcher, remonter sur le bateau et me remettre à écrire, jusqu'encore plus tard. Et c'est alors. Que mon regard s'est figé sur le couteau. Manche en bois, lame rentrée, par terre. Je me suis penché pour le ramasser. Puis l'ai rangé dans ma poche, par réflexe, comme on glanerait une pièce de cinquante centimes, toujours ça de gagné. Je n'ai jamais eu de couteau de ma vie, même pas le suisse avec le tire-bouchon, bien pratique pourtant. Enfant, j'ai toujours refusé d'intégrer les boy-scouts. Donc, pas de canif. Puis, adolescent, j'ai lu *L'Étranger* d'Albert Camus, ça m'a traumatisé la scène avec cet obsédant soleil, qui se brisait en morceaux sur le sable et sur la mer et qui aveuglait tant Meursault à toutes les lignes que, c'était inéluctable, il allait le buter, l'Arabe, avec son couteau, bah voilà, page cinquante-et-un, je savais que ça devait finir comme ça. En rentrant sur la péniche, j'ai sorti l'objet de ma poche et déplié la lame. D'un côté, était gravé, en creux et manufacturé, un casque de soldat. De l'autre, ciselé à la main et maladroitement, un nom de famille. « Le Pial ». Ou « Le Piah ». Ou « Le Piat ». La dernière lettre était difficilement déchiffrable. Dix contre un qu'il appartenait à un militaire. Je dis « appartenait », il est à moi maintenant. Du reste, son propriétaire doit être accablé à l'heure qu'il est. Un type, ou une femme peut-être, mais j'ai plus de propension à croire qu'il s'agit d'un homme, rapport au casque de soldat gravé dessus, un type, donc, qui a pris soin d'immortaliser son nom sur une lame, il devait vraiment y tenir à son couteau. Par curiosité, j'ai cherché « Le Pial » dans les Pages blanches, pas ce bottin énorme et encombrant dont chaque année on ne savait que foutre lorsqu'il était distribué, d'ailleurs je plains *a posteriori* le pauvre gars dont c'était le métier, distribuer des annuaires téléphoniques. « Le Pial » sur pagesblanches.fr. Et rien. J'ai aussi écrit « Le Piah » à tout hasard, on pouvait y voir un « H », rien. Et puis « Le Piat », avec un « T » peut-être, toujours rien. Bon, j'aurai essayé. Il est vraiment à moi, maintenant.

– Topart –

Aujourd'hui, Maman est morte (c'est la première phrase de *L'Étranger*). En fait, cette histoire de couteau, ça m'a donné l'idée cette nuit de réécouter Camus lu par Michael Lonsdale. Quand on est victime, comme moi, de l'apnée du sommeil et qu'on se réveille à 4 heures : ou on se lève pour travailler ou on écoute les gens dans le poste. À 4 h 18 ce matin, j'ai donc tapé « Lonsdale + Camus » sur mon téléphone et me suis laissé bercer par la voix envoûtante de l'adversaire de James Bond dans *Moonraker*. Je me rappelle d'*Aujourd'hui, Maman est morte* et puis je me suis rendormi assez vite. On devrait prescrire le Lonsdalox-D500® aux insomniaques, ça coûterait moins cher à la Sécu. J'ai un ami qui dispose, comme Lonsdale, d'un bel organe vocal. Je lui ai dit déjà, qu'il avait une voix à la Jean Topart. Ah non ça tirerait davantage vers du Trintignant, m'a-t-il rétorqué, avant de m'expliquer, quelques instants plus tard et sans se démonter, qu'on ne pouvait percevoir sa propre voix telle que les autres l'entendaient. Donc j'ai dit Trintignant tu as raison, car je ne voudrais pas le vexer, mais je reste sur mon idée de départ. Je ne donne pas son nom à cet ami, car souvent il relit mes pages, il ne faudrait pas qu'il se reconnaisse. Il veille sur mes textes avant publication, donne son avis. Tiens, là tu ferais mieux de. Et, là tu devrais. En général, je suis assis à son côté, guette fiévreusement ses réactions. Il dit : « Ne me regarde pas ! » (alors je me retourne et mate le cul de la serveuse, du coup il se retourne aussi). Ma blague sur Jacqueline Durand de chez EDF, ça va le faire rire ? Mon jeu de mots sur le Coran alternatif, il va comprendre ? Il fronce les sourcils, mauvais présage. Il se redresse dans son transat, pas bon signe non plus, dans ces transats du bar où nous nous retrouvons, à 11 h 30, pas avant pas après parce que c'est son heure, ces putains de transats dans lesquels moi aussi il m'oblige à m'engoncer, ces transats pas du tout pratiques pour les relectures, d'accord c'est bien quand tu es à une orgie romaine pour t'enfiler des grappes de raisins tandis qu'un type joue de la harpe pour te divertir (j'ai vu ça dans *Astérix*), mais là, pour une relecture, on serait quand même mieux à une table, bah oui une vraie table quoi, pas de celle à laquelle il me contraint à m'asseoir, O.K. c'est pour relire mes textes, je sais. Pourtant, je le bichonne. Je lui paye par avance son café, j'arrive même exprès cinq minutes plus tôt pour qu'il n'ait pas à, son petit café allongé l'attend, il a juste à se présenter au bar, bonjour, le serveur est dans la combine, tiens voilà ton allongé, et puis ton verre d'eau, non non, c'est déjà réglé par le gros là-bas. En plus, faut toujours attendre que monsieur ait fini son *Presse Océan* avant de commencer à envisager de s'y mettre, la dernière page surtout, celle où la météo lui dit qu'aujourd'hui il fait beau alors qu'aujourd'hui il fait beau, on le sait sinon on serait pas en terrasse, dans ces saloperies de transats, un jour je vais les péter tellement j'ai grossi ces derniers temps, même mon ex elle me le disait t'as grossi ces derniers temps. Mais pourquoi je parle de ça ? Ah oui, le couteau, Meursault, tout ça, et puis Lonsdale et du coup Gilles, ah merde j'ai écrit son prénom. Il est pas mal le cul de la serveuse, non ?

– Choco BN –

Bon alors, ce couteau, qu'est-ce qu'il vient fiche dans l'histoire ? Il n'a rien à voir avec la *chucrutti*. J'ai opté pour l'italien, pas pu traduire en arabe ; on n'a jamais vu un musulman manger de choucroute, ou alors en cachette, et c'est bien pour ça qu'on ne l'a jamais vu (j'ai pas déjà sorti cette blague ? elle me dit quelque chose, faudra que je vérifie). Je suis angoissé car je vais déjà devoir m'en séparer dix jours alors que je viens à peine de le trouver. J'ai réservé hier mon billet pour l'Italie : je retourne voir Antonio de Martini, dans la villa d'Alessandra située à soixante kilomètres de Rome. *Quand tu viendras, je vais te raconter la dernière histoire éthiopienne de Francesco I, à l'âge de soixante-quatorze ans*, m'a envoyé par e-mail Antonio. C'est drôle, il a adopté mon système de désignation des Francesco, le truc comme pour les papes (je vais le breveter). Oui, car mon cousin a lu les premières pages de ce récit. Je lui ai demandé de les valider avant mon arrivée, histoire d'être sûr qu'il m'invite quand même, malgré toutes les facéties que j'ai rédigées sur son très sérieux papa. Donc, mon couteau, j'ai vérifié sur le site de la Direction générale de l'aviation civile : pas le droit de l'emporter, même en soute. Des couteaux, y en aura forcément chez mon cousin, mais ce ne sera pas mon Le Pial (ou « Le Piat », je n'ai pas encore tranché). Alors, comment vais-je m'en sortir car quand j'écris, j'ai mes rituels… À gauche, cendrier jaune en forme de Pacman qui, la gueule ouverte, dévore mes mégots, paquet de cigarettes juste à côté, à cinq centimètres (c'est plus pratique), café dans ma tasse siglée « Saint-Marc-sur-Mer » à droite, bouteille d'eau pétillante un peu derrière, à droite elle aussi, rouleau de papier toilette entre la tasse et la bouteille, je sue beaucoup et m'essuie régulièrement aisselles, front, nuque et… Et puis, depuis trois jours, mon Le Pial (va pour Le Pial, il fallait bien se décider). Je l'ai ouvert à demi, pour mettre en évidence le casque de soldat, ça forme un L. Ou un V, ça dépend de son inclinaison. L'eau pétillante, j'en trouverai. Ce ne sera pas du Perrier, mais de la San Pellegrino sans doute. Le café, il sera même meilleur que le mien. Les cigarettes, j'en aurai, et moins cher en plus. Mais comment je vais faire sans mon couteau ? Le village italien où je vais résider s'appelle « Acuto ». Le préfixe « A- », du grec ancien ἀ-, exprime la privation. Arythmique veut dire sans rythme, aphone signifie sans voix, ananas privé de nanas, *et cætera*. « Acuto », sans couteau, je me serais bien passé de ce jeu de mots. Je ne comprends pas ce qu'il m'arrive car, d'ordinaire, posséder ne m'intéresse pas. Au gré de déménagements successifs et de séparations (ou l'inverse), j'ai réduit au strict minimum mes acquis, qui se résument aujourd'hui à la valise remplie de vêtements que j'ai embarquée sur la péniche. Qu'est-ce que je foutrais d'un écran à plasma, 32 par 177,8 centimètres, inclinaison support mural ? Ça ne rentre pas dans un bateau. Alors dans une tombe… J'ai même abandonné ma collection de DVD de Jean Gabin, pour dire. Ça m'a fait drôle, d'ailleurs, d'en revoir une hier. Une collection de Gabins. Gilles, qui sait que je n'ai pas trop le moral en ce moment (je lui ai dit que je devais bientôt me séparer de mon couteau), m'a emmené visiter l'exposition d'un de ses amis, pour me changer les idées. Cinq heures nous avons passé chez Benoît Rondot, l'artiste dont le nom s'affiche en grand sur la devanture d'un ancien presbytère. À l'entrée, il pourrait nous crier : « Prenez les patins ! » car, tels des intrus, nous pénétrons dans l'antre de son atelier reconstitué. Il pourrait aussi nous dire qu'on viole son intimité, car il y dort et vit, dans ce vieux presbytère qu'on lui a prêté pendant deux mois, mais non, l'artiste l'a voulu ainsi. Il est là, même. Accueille les gens, tout en replaçant méthodiquement ses coléoptères dans leur boîte en verre. Le bric tutoie le broc, et l'émotion de l'instant celle du passé. Je me suis revu, l'espace d'une fraction de seconde, entrer dans l'appentis de mon grand-père maternel, Choco BN à la main, Grand-Père, Mamie dit que c'est l'heure du goûter et que ton thé est prêt, oui j'arrive, viens poupoule, viens poupoule, viens. Il était 16 h 12 quand j'ai entamé ma déambulation chez Benoît Rondot, mais 16 h 12 un après-midi de 1982. Dans la pièce du bas, de gigantesques toiles de moteurs d'avion côtoient des livres sur les animaux, « la peinture est rehaussée à la main » me trintigne Gilles à l'oreille, tout ce petit monde répertorié, bien à sa place. Un lecteur CD diffuse un morceau du compositeur René Aubry, tandis que mes yeux s'incrustent et se figent dans une visionneuse stéréoscopique où défilent, avec la couleur de la poésie et le noir et blanc de l'époque, un plongeur en pleine voltige, des militaires en ordre de bataille, des fumeurs d'opium, deux lesbiennes qui narguent le voyeur (moi), des buildings new-yorkais comme ceux de Ferdinand Bardamu. À l'étage, d'innombrables boîtes, des classeurs, du matériel de peinture, des sachets de billes, des osselets, un Big Jim, et puis, bien alignée sur un rayonnage de bibliothèque : une centaine de films de Jean Gabin. Les mêmes que ceux que je possédais, les René Chateau et ceux qu'on achetait au bureau de tabac, une collection spéciale où le premier coûtait 1,99 euro, le deuxième 4,99 euros, puis, une fois qu'on était ferré, tous les autres à 14,99 euros . À côté de la bibliothèque de Benoît Rondot, un poste de télévision. Blanchette Brunoy dit que pour midi elle a fait un râble de lapin et que peut-être M. Antoine aime ça. Jean Gabin lui répond qu'il aime beaucoup ça, que c'est très gentil d'y avoir pensé, mais qu'il n'a pas très faim, d'ailleurs il saute très volontiers le repas de midi. Quel con ce Gabin, c'est Blanchette Brunoy qu'il ferait mieux de sauter, elle en meurt d'envie dans *Le Baron de l'écluse*. Les derniers visiteurs partis, Benoît Rondot referme la grille. C'est la première fois que je participe à un barbecue saucisses dans le jardin d'un presbytère.

– Eurêka –

, je sais : mon Le Pial, je vais le cacher dans mon tube de shampoing.

– Lau 49 –

Cette nuit, je me suis inscrit sur Tinder. Il faut bien que je m'occupe d'ici mon départ pour Acuto. Et puis ma solitude me fatigue. Un peu de conversation avec des personnes du sexe propposé ne me ferait pas de mal. Mon logiciel de traitement de texte me souligne en rouge propposé, eh banane, je sais qu'il n'y a qu'un *p*, c'était pour jouer sur les mots. Dans un premier temps, il est assez rassurant de mesurer qu'on n'est pas le seul (à être seul) ; des centaines de femmes sont méthodiquement répertoriées, comme dans l'atelier de Benoît Rondot, mais lui c'est autre chose, des coléoptères par exemple. Sev 47 ans, Marceline 39, Sabine 47, Sara 44. J'ai réussi à installer cette application sur mon ordinateur, je consulte les profils en cliquant sur mon *pad*, mais, d'habitude, c'est avec le doigt qu'on fait ça. Une photographie apparaît sur l'écran du téléphone et donc, d'un geste désinvolte de l'index, on « swipe » vers la droite ou vers la gauche. Ils disent « swipe », qui veut dire « glisser » en français, mais ça pourrait tout aussi bien s'appeler « *choose your pot of yogurt* », tellement on se croirait au supermarché. Vers la droite, cela signifie que la personne vous interpelle. À gauche, c'est la poubelle. Bon, au début, on se trompe de sens évidemment. Mince, mais qu'est-ce que j'ai fait, Marie-Christine 45 ne me plaît pas du tout, aïe. Car la personne swipée est ensuite avertie qu'on l'a swipée et du coup elle swipe à son tour pour vous indiquer que vous pouvez « matcher ». Ça a l'air très compliqué comme ça, mais en fait c'est assez simple, il suffit de savoir se servir de son doigt. Bilan de ces premières heures sur le site de rencontres : trois « match ». Une première qui m'explique que non la photo à moitié floue qui me représente n'intéresse personne. Il faut en mettre d'autres, et plein. Pas jusqu'à exposer son sexe, mais presque (mince, ça risque de se voir que j'ai un peu grossi dernièrement, pas du sexe malheureusement). Une autre qui me demande si ça marche pour moi Tinder. Je lui dévoile fièrement qu'elle est mon deuxième match. C'est tout ?, elle me répond, alors apparemment ce n'est pas du tout le même bal pour nous les nanas, car chez moi ça défile. Je la remercie donc de m'avoir convié à son « bal » et d'avoir pris quelques minutes pour m'écrire. Tu devrais enlever la photo de ton héron, oui O.K. il est beau c'est pas le problème, mais si tu veux conclure avec des meufs, une photo de héron ça sert à rien. Du coup, je n'ai pas osé lui dire que j'ai été à deux doigts (enfin un) de mettre une photo de mon Le Pial. Elle me demande mon signe astrologique. Ah bon, ça a son importance ? Pour elle, oui. Soit : Sagittaire. Elle est Balance et, à part sa mère, ne connaît pas de Sagittaire. Elle regarde sur Internet « compatibilité Balance-Sagittaire » : selon astrocenter.fr, aucune ombre au tableau. Elle dit je te donne mon téléphone. Je dis non merci, j'en ai déjà un. Ensuite est arrivée Sandrine 31. Alors elle, je ne sais pas comment elle a déboulé, car dans mes critères de sélection, j'ai paramétré de trente-cinq à cinquante ans, pas en dessous. Une frange de quinze ans, l'éventail est suffisamment large comme ça. Sandrine 31 est esthéticienne, et comme par hasard, blonde décolorée. Très offensive, elle me donne direct son numéro (même pas eu le temps de lui faire la blague de non-merci-j'en-ai-déjà-un) et m'invite à converser en dehors du site de rencontres. Je ne lui transmets pas le mien et quelques minutes plus tard s'affiche « Alors ? » Le *match* s'est effacé sous mes yeux (ils sont classés à gauche, sur mon écran d'ordinateur). Et puis, Lau 49. Dans les trois lignes qu'on doit écrire sur son profil pour se présenter, j'ai marqué que je cherchais une muse. À 23 h 38, j'ai reçu : « Ça tombe bien. Je suis précisément une muse… C'est mon job ». Lau 49 est enseignante-chercheuse (je préfère franchement à esthéticienne), mais aime écrire aussi, par plaisir : « Les Laux écrivent le soir ». Moi, c'est plutôt le matin, je lui réponds. L'entretien d'embauche est fixé au lendemain, 19 heures.

– Tortue –

Je suis très vexé. J'ai invité des amis à prendre l'apéritif sur le bateau et il y a un couillon, car assurément c'en est un, qui a dit que ce n'était pas un casque de soldat gravé sur la lame de mon Le Pial, mais une tortue. Une tortue !!! Oui, je sais, j'ai mis des points d'exclamation. J'abhorre les points d'exclamation, n'en utilise jamais car j'estime, et c'est sans doute très présomptueux mais tant pis, qu'une phrase doit être assez puissante pour exprimer par elle-même son intensité, mais là, je n'ai pas pu me contrôler. Une tortue, putain… Alors lui, jamais je ne le réinviterai. Ma petite terrasse sur la rivière et mon fitou des Corbières à 12°5, fini. Tricard, il est sur ma péniche. Ça ne se voit pas car on est dans un livre, mais ce désormais ex-ami marche sur le ponton, coucher de soleil, musique à la Ennio

Morricone, il se dirige tout penaud vers la sortie, travelling arrière, il le sait qu'il a franchement déconné, l'harmonica fait *Tan Tan Tang*, il se retourne pour implorer l'autorisation de revenir, l'harmonica fait *Tan Tan Tan Tang*, il pleurniche car il n'a pas fini son verre, et moi je crie : et mes brochettes de bœuf à la planche, tu pourras te les fourrer où je pense. Voyant que je m'énervais, un autre supposé ami, Jacques, a bien tenté de nous mettre d'accord : « Ou alors, c'est une tortue avec un casque de soldat ? » Mais lui, c'est pareil, je vais le rayer de ma liste. Laroche Jacques, effacé de mon répertoire téléphonique. Il a échappé à mon courroux hier soir, mais je réalise, en retranscrivant ses propos ce matin, qu'il se foutait de ma gueule :

« Sylvain, tu commences à être grand, il faut apprendre à regarder la réalité en face : c'est vrai que ce qu'il y a sur ton couteau ressemble à une tortue avec un casque de soldat. On te l'a dit avec ménagement, à plusieurs, en parlant simplement d'une tortue, puis en temporisant avant de rajouter la couche du casque, tu remarqueras donc une certaine délicatesse dans notre démarche. Je sais, c'est dur, très dur, mais nous te soutiendrons dans l'épreuve, nous sommes tous passés par là. Sauf ceux qui croient toujours que les hommes politiques leur veulent du bien par exemple, que le monde est gentil, que nous sommes tous des bisounours. Tu ne seras pas de ceux-là, et tu peux en être fier. Cette révélation fait de toi un homme libre et conscient. »

Quel con, celui-là aussi. Pourtant, j'étais content de faire admirer mon Le Pial. Plus jamais je ne le montrerai. Il restera sur ma table de travail, à gauche de l'ordinateur comme d'habitude, près de Pacman, voilà, c'est tout pour aujourd'hui. Quoi c'est pas assez ? Pas de ma faute si on m'a mis hors de moi. Une tortue, non mais j'y crois pas. Pourquoi pas une banane tant qu'on y est.

– On verra si –

Ce matin, je me suis réveillé avec *37°2*. L'image de Jean-Hugues Anglade qui se met à sa table de travail pour écrire frénétiquement son nouveau roman, juste après le décès de Béatrice Dalle. C'est ça pour moi, une muse. Cela dit, il ne faut pas nécessairement qu'elle soit morte. Au contraire, je préférerais pouvoir la serrer de temps en temps dans mes bras (il n'y a pas que le travail dans la vie). Les Grecs avaient la chance d'en compter neuf, mais je crois que j'en ai déjà parlé, moi aucune. Pourtant, je cherche. Hier soir, j'ai rencontré la première candidate. Oui, c'est fait, j'ai passé mon premier galop. Difficile ma première demi-heure Tinder. Déjà, ce n'est pas évident de se livrer tout de go à une inconnue, mais quand, en plus, un soleil de plomb, le même que dans *L'Étranger* qui se brisait en morceaux sur la mer et sur le sablablabla, t'aveugle et fait perler sur ton front d'embarrassantes gouttes de sueur, c'est extrêmement gênant (j'étais extrêmement gêné). Il y avait bien un parasol, mais sans doute juste pour la déco, il était trop en hauteur pour protéger qui que ce soit. Pour faire montre de galanterie (j'ai essayé de bien m'exprimer aussi), j'avais laissé à Lau 49 l'emplacement qui semblait la préserver des assauts du soleil, mais, heureusement, les rayons vifs et brûlants l'ont vite attaquée elle aussi et, comme elle a commencé à cuire, nous avons décidé, d'un commun accord, de changer de place. Voilà, j'ignore ce que l'histoire me réservera, mais, dès notre première rencontre, nous avons pris une décision ensemble. Tous les couples prennent des décisions ensemble, enfin en général, donc c'est bon signe. Et pas Sagittaire ou Balance. On verra si. Je vais en tout cas essayer de rencontrer d'autres postulantes. Il y a une Charlotte 49 qui s'est manifestée. « Charlotte », c'est moins enthousiasmant que Thalie, Terpsichore ou Melpomène, mais c'est déjà bien. En revanche, j'aimerais rencontrer une Jessica, juste pour lui sortir la blague de Pierre Desproges : « Jessica ? Enchanté, moi j'ai six couilles. » Au moins, on rirait. Neuf, ils disaient les Grecs ? Encore huit à swiper et matcher.

– Gaspard Ier –

Aujourd'hui : thématique canard. Un hors-bord rutilant est stationné juste sous ma fenêtre, abandonné devrais-je dire car son propriétaire n'est plus revenu depuis une semaine. L'emplacement, en théorie inoccupé, sert aux apprentis pilotes à effectuer des créneaux avec le bateau-école. Donc y a un hors-bord. Je m'en sors bien, il ne me bouche pas la vue. Une péniche, aussi haute que la mienne, m'aurait vraiment dérangé, bonjour l'intimité. Ou bonjour madame, si une voisine m'avait surpris à déambuler en slip dans mon bateau. Il va être content du voyage, le propriétaire du hors-bord. Hors-bord, j'aime bien ce mot. Ce hors-bord, j'écrivais donc qu'il était rutilant. Il ne l'est plus. Plusieurs fois par jour, un canard se pose tranquille à l'arrière, il apprécie cette place, un mouvement de tête à gauche, un autre à droite, se secoue le bas des reins et fait coin-coin. Puis il chie. Ça ne lui pose aucun problème de faire son petit caca sous mes yeux, il a pourtant vu que je passais des heures et des heures à ma table de travail, et non il s'en fout. Il le sait que je le regarde. Ah… Il a peut-être compris que ça m'amuse ses conneries. J'imagine en effet la tête du proprio quand il se décidera enfin à revenir dégager son stupide hors-bord de cette place qui normalement, et ça la prochaine fois que je le croise je vais lui dire, doit être inoccupée. Il est badigeonné de merde ton hors-bord, t'avais qu'à pas te garer là. À propos de canard, j'en ai mangé un hier. Avec un gratin de pommes de terre et une délicieuse sauce béarnaise. Mon oncle m'a invité à dîner. Nous commandons deux confits, une bouteille de rosé, discutons de tout et de rien, enfin surtout de Tinder, c'est grâce à ce site que mon oncle a rencontré sa compagne actuelle, une Vietnamienne déjà mariée mais le mari est d'accord pour que mon oncle soit l'amant officiel (sympa). Je lui demande des conseils car moi ça matche pas trop en ce moment quand, d'un coup, son téléphone sonne. Déconfit, le Tonton. Son fils à l'écran lui montre Gaspard Ier, tout juste démoulé. Voilà, mon oncle est grand-père. Si Mémé était encore en vie, je peux assurer qu'hier soir

Sylvain Ier, oui le premier de la dynastie des *tastouzes*, aurait sacrément dégringolé dans la hiérarchie. Pour finir avec la thématique du jour : je pars retrouver Gilles qui doit être en train de lire sa foutue page météo.

– Lundi –

Aucun *match*. Trois lors de mon inscription, plus rien depuis cinq jours. Il y a toujours cette Lau 49 qui continue de m'écrire, elle a dû me prendre en pitié. Je lui ai confié que c'était le désert me concernant, alors qu'elle, des match, des prétendants, elle en a plein. Pour ses bonnes œuvres, elle rend de temps en temps une visite épistolaire sur mon profil Tinder, comme le faisaient autrefois, mais dans les dispensaires, les riches aristocrates avec leurs pauvres. Je m'inscris sur un site de rencontres pour regonfler mon ego et c'est pire : je n'intéresse définitivement personne. Ni avec la photo de ma tête ni avec mon histoire de muse. Pour me consoler, Lau 49 m'écrit : « Les filles de Tinder ne savent pas ce qu'est une muse… Elles pensent que tu cherches une buse ou un truc dans le genre. » Je crois qu'elle exagère un peu, c'est surtout que j'ai une sale gueule et elle n'ose pas me l'avouer, mais je ne l'ai pas contredite : c'est la seule qui daigne me parler, je ne voudrais pas la vexer. Tant pis, je me remets à mon récit sur Francesco de Martini. Au moins, il y en a un qui sera content, c'est mon éditeur. L'autre jour, il m'a envoyé un message pour me demander si ça avançait l'écriture sur Tonton Francesco. *On ne peut mieux*, j'ai répondu. S'il savait... D'ailleurs, il serait peut-être temps que je me ressaisisse. J'imagine, sinon : « Quoi ? Mais qu'est-ce que c'est que cette bouse ? Je ne t'avais pas commandé un livre sur Meetic... – Tinder, pas Meetic, je corrige. Ça se voit que t'as mal lu mon manuscrit. – Mais c'est pas la question... Tu m'avais vendu un récit sur l'empereur d'Éthiopie, sur les services secrets au Moyen-Orient, enfin des trucs qui allaient passionner les lecteurs, et là je me retrouve avec un type qui regarde chier des canards en surfant sur un site de rencontres. T'es devenu dingue ou quoi ? » On est où, là ? Oh putain, ça fait vingt pages que je dérive ? Ben oui, mais personne m'a rien dit... Le problème, c'est que j'ai épuisé toutes mes notes romaines. Celles sur le Liban, c'est pareil. D'ici à ma prochaine rencontre avec Antonio, dimanche, que pourrais-je bien raconter ?

– Allez, tu t'y remets –

« Allez, tu t'y remets. » Allez, tu t'y remets, facile de dire ça. Déjà, je m'y remets si je veux. Je n'ai d'ordres à recevoir de personne, et surtout pas de la part de quelqu'un qui fout rien de ses journées, se prélasse sous mes yeux, me nargue pendant que je trime, des mois que je bosse moi, hiver comme été, sur cette péniche au confort incertain, par - 5 °C souvent, 35 parfois. Toi, t'arrives dans ma vie, comme ça, tranquille, en plus il fait beau ces derniers jours mais pas trop chaud t'as vraiment de la chance, même Gilles il l'a lu dans *Presse Océan* qu'il faisait beau ces derniers jours mais pas trop chaud, et toi tu débarques comme ça et faudrait qu'en plus tu me donnes des ordres. Donc, O.K., d'accord, j'y viens : Francesco de Martini… « Bah "donc" quoi ? Faut raconter quelque chose maintenant. » Oui, mais je sais pas… Et me regarde pas comme ça. Ça me bloque. Je reprends, mais tranquille. Faut pas que tu me brusques. Ah si, tiens, je sais… Qu'est-ce que ça donnerait un Francesco de Martini qui s'inscrirait sur Tinder ? C'est pas mal comme idée, non ? Ça te va, ça, si j'essaie, juste pour voir ? Tu dis rien ? Buongiorno, yé soui Francesco, yé chércho una ragazza, yé soui plouto bogosse y yé conné bien il impéradore Haïlé Sélassié. Mêm qué yé posséd son zérosix. « Bof... T'as pas mieux ? » T'as pas mieux, j'aimerais t'y voir. Juste bon à couper des rondelles de saucisson et tu te permets de me critiquer. Finalement, ça me fera du bien de me passer de toi pendant dix jours. Je ne sais pas pourquoi, mais en ce moment je te trouve con comme un manche.

– Quarante-neuf –

Ce matin, retard à l'allumage. Mais j'ai une bonne excuse : je me suis couché tard Mme Placard. Charlotte 49 m'a téléphoné à 23 h 26. Ce n'est pas une heure pour déranger les gens, mais vu que, moi, aucune femme ne me dérange jamais, j'ai décroché. D'abord, elle m'a envoyé un message sur mon profil Tinder : « Alors, massages ou études ? Pour quoi as-tu opté ? ». Je lui avais dit pour mes match avec l'esthéticienne et l'enseignante-chercheuse. Je lui raconte mon premier galop et elle me demande si j'ai eu un coup de cœur. Lau 49 est charmante et très drôle, je lui réponds, mais c'est dur de décréter : voilà, ça va être maintenant, l'amour. « Moi, je sais que ça ne se contrôle pas, les phéromones ! Donne-moi ton téléphone… » Je ne lui ai pas répliqué non non je le garde il est bien mon téléphone, pas le moment de plaisanter. Et donc elle m'a appelé dans la foulée pour me parler de ses phéromones, mais pas que. Si je résume : cancer, décoration intérieure, écriture, Patrick Bruel (pas pour ses chansons heureusement), bateau, hiver (ça doit faire froid là-dedans tu devrais te trouver une femme chez qui habiter pendant cette période), amour, amitiés, enfant (tu n'en as pas ça ne te manque pas), neveux, Tinder, match (tu veux vraiment savoir combien j'en reçois tu vas déprimer avec tes trois pauvres machins). Et puis nous avons raccroché pour nous envoyer, par SMS, des photos de nos habitations respectives (il paraît que d'autres comparent leurs organes, pas nous). Oui, ça se voit qu'elle est décoratrice d'intérieur. Moi pareil, que je passe des heures à mon bureau (un vrai bazar dans ma péniche). Pour lui envoyer un SMS, il a fallu que j'enregistre le numéro qui s'était affiché de longues minutes et qui avait permis cancer, décoration intérieure, Patrick Bruel, tout ça. Comme je ne connais pas leur nom de famille, autant Charlotte 49 que Lau 49, je les ai toutes deux inscrites à « Quarante-neuf » dans mon répertoire, entre « Papa » et « Rabouin Marieke ». Mon téléphone doit se demander qui sont ces nouvelles arrivantes qui se rangent depuis trois jours à la lettre Q, elles sont sœurs ou quoi ? Cousines peut-être ? Ou alors c'est de la famille éloignée à Jean-Paul Deux ? Mon téléphone ne sait pas qu'on doit dire « de la famille éloignée DE Jean-Paul Deux », et non « À Jean-Paul Deux », mais j'ai décidé de ne pas l'embêter avec ça. En tout cas, je vais vite lui simplifier la vie à mon téléphone car j'ai dit à Charlotte 49 que je l'avais introduite dans mon récit, je lui ai même lu le passage, qu'elle a validé à la condition que je l'appelle « Charlotte 39 », tant qu'à faire. J'ai acquiescé, si ça peut lui faire plaisir. Désormais, elle se trouve donc entre « Taudon Jerome » et « Truchot Alain ». Quoi encore ? Je t'ai déjà dit de pas me regarder comme ça. Oui, je sais, je n'ai encore rien écrit ce soir. Mais tu serais bien content, toi, si une petite Le Pialette te téléphonait. Et ne me dis pas le contraire.

– Carlotta 39 –

À l'avant du bateau, sur la partie extérieure, je dispose d'une terrasse en demi-cercle où j'ai l'habitude de ranger ma plancha et mes amis. Hier soir, j'y ai relégué mon Le Pial. J'ai refermé la porte et tiré mes rideaux jaunes. Comme ça, tranquille pour converser avec Carlotta 39. Oui, je l'appelle « Carlotta 39 » à présent. À minuit huit, on a discuté Italie, d'où elle tient ses origines. On a parlé mort et pompes funèbres aussi, c'était intéressant. Après, je lui ai raconté que je n'avais pas donné suite à un nouveau *match* reçu dans l'après-midi. J'étais bien ainsi, avec elle et Lau 49. « Tu sais, si tu m'invites à l'apéro sur ton rafiot, je pense que je viendrai. » Voilà, bonne nuit. Puis j'ai rallumé l'ordinateur, ordonné tout comme d'habitude, Pacman à gauche, l'eau pétillante à droite, tout ça, j'ai rouvert la page de mon récit sur Francesco de Martini et je suis allé rechercher mon Le Pial, que j'ai déplié en I pour une fois, pas en V. Et, de ma plus belle plume (enfin de mon Times 14), j'ai écrit quelques mots pour faire mine de bosser. Il avait l'air content. Avant de me coucher, je suis resté de longues minutes à observer le ponton déserté par mon héron, le parking qui en journée ne désemplit pas et qui là était tout désempli de partout, et puis ce banc qui accueille chaque jour tant de fesses, toutes plus lascives les unes que les autres, des fesses qui ne font rien d'autre que de mater la rivière. Et mon héron au fait, il dort où la nuit ?

– Carlotta 39 *bis* –

Carlotta 39 est passée cette nuit. Si, si, au bateau. Je n'avais rien demandé moi. 21 h 59, texto : « Je me dis que j'aurais bien visité ta péniche… » Étrange de poser sur un nom une silhouette, une vraie, avec une jupe blanche (qui accentuait la noirceur de ses cheveux) et très courte (j'ai vu sa culotte). Demain, j'avais Rome ; alors on a bu un thé à la menthe. Le serveur du Lieu Unique, qui presque tous les jours me voit relire et amender mes textes avec Gilles, m'a demandé s'il y avait du cul dans mon roman. Gilles a répondu : « Oui, mais du cul marrant. » On peut appeler ça comme ça.

CHAPITRE IX

– Pas le cran –

Déboussolé. J'ai trouvé une coupelle dans la cuisine, qui dégueule déjà au bout de trois mégots ; elle n'aura pas l'endurance de mon Pacman. Quant au café, ce sont ces minuscules capsules Nespresso® qui obligent à se relever toutes les cinq minutes pour, mince déjà fini, se resservir une tasse. Rien à voir avec ma bouilloire, qui produit des litres pour ne pas me déranger dix fois. Finis les canards, hérons et poules d'eau, ici c'est un coq, d'ailleurs complètement déréglé : il sonne à tout bout de champ. Et la vue, ben c'est une montagne. Même pas un petit filet d'eau… Bref, écrire, oui c'est bien gentil, mais ça va être difficile. En plus, et c'est frustrant, Tinder a vibré deux fois dès mon arrivée à Acuto. En guise de photos de présentation, des clichés sur chacune d'elles d'avion. Ça doit vouloir signifier que Marie 45 et Caroline 44 aiment voyager, ou qu'elles apprécient les ailes d'avion. Marie 45, au bout de quelques minutes de conversation, me confie qu'en fait elle se prénomme Lucie 45, elle s'est inscrite le jour même et n'assume pas encore sa présence sur le site de rencontres. Caroline 44 m'a envoyé un « super like », elle a appuyé sur l'icône en forme d'étoile bleue pour me faire savoir que je lui plaisais plus que les autres. Sympa, mais je suis à mille trois cents kilomètres moi maintenant, fallait émerger plus tôt. Antonio m'attend dans le salon, à lire son quotidien romain, *Il Messagero*. Il a déjà pris deux *breakfasts*, m'annonce-t-il. Mon cousin a pour coutume de se lever vers cinq heures et demie, il entame sa journée « en emmerdant », ce sont ses mots, deux ou trois personnes sur Facebook. Alors que moi, je me suis réveillé tard. Difficile de dormir dans un lit qui ne tangue pas, sans le familier roulis qui me berce et m'endordinaire. En plus, le lit est immense et me renvoie encore une fois à ma solitude. On pourrait y mettre deux tinderettes, voire trois, et comme d'habitude je voyage seul. Il me manque déjà mon Le Pial. Je l'entends me dire, enfin d'habitude je l'entends me dire, mais en l'occurrence là c'est juste une expression : « Arrête de te plaindre. La vue est magnifique, très inspirante, cette montagne à perte de vue, cette terrasse en hauteur où tu as posé ton ordinateur, il n'y fait pas trop chaud à cette heure de la matinée, et puis tu as dîné au restaurant hier soir, c'était succulent, franchement de quoi te plains-tu ? Rejoins plutôt Antonio au salon pour l'interroger sur Francesco de Martini. » J'ai échafaudé tout un tas de scénarios, « scenarii » on dit ici, mais je n'ai pas eu le cran de passer la douane avec mon Le Pial. O.K., O.K., je vais rejoindre Antonio au salon pour continuer à l'interroger sur Francesco de Martini. Cocorico ? Mais il est débile ce coq. Il est plus de 11 heures. Cocorico mes fesses, tu vois pas qu'on est déjà réveillés. Imbécile.

– Autogyro –

Je viens de pisser. Il devait y avoir des asperges dans la sauce de mes spaghettis, ça sent. Comme hier soir, nous nous sommes rendus ce midi au Rock, nom anglophone de ce restaurant d'Acuto que plus affectueusement Antonio désigne par : « Chez Denise et Dario ». Denise, m'explique mon cousin, gère une holding familiale et, si elle avait habité à Rome, elle serait depuis longtemps à la tête d'une chaîne vu comment elle administre sa petite affaire de main de maître. Toute la famille œuvre pour le restaurant. D'abord le mari qui, en plus de travailler dans l'aéronautique le matin, prépare le vin servi dans l'établissement. Une fois, il ne disposait plus de barrique pour faire macérer son breuvage, il en a utilisé une destinée à la bière. Résultat, il a inventé une boisson : un vin légèrement pétillant qu'on ne trouve qu'au Rock. Puis le fiston, Mattia, un géant de deux mètres zéro sept à qui je n'aurais pas un instant l'idée de piquer sa petite Acutaine tellement j'aurais la trouille de m'en prendre une. D'habitude, c'est moi qui toise les autres de mon mètre quatre-vingt-cinq ; là, je dis *buongiorno*. Voilà, le fiston est venu nous chercher en voiture pour la pause déjeuner, puis nous a ramenés à la villa le repas terminé. Ce matin, j'ai repris les séances de travail avec Antonio. Il serait content mon Le Pial, plein de choses à raconter. Nous avons d'abord évoqué les fastidieux trajets entre Beyrouth et Jounieh, villes séparées seulement d'une vingtaine de kilomètres mais qu'à certaines heures de la journée on rallie en plus d'une heure. Mon cousin a une idée, que nous expérimenterons après-demain. Il a réservé deux vols. « Si tu ne le sens pas, je fais les deux. » Car oui, il s'agit d'un appareil désigné sous le nom de « autogyro » (« gyrocoptère » en français), mélange de biplane et d'hélicoptère qui peut faire du rase-mottes à vingt mètres du sol, comme atteindre une vitesse de pointe de cent soixante kilomètres à l'heure à quatre-vingt-cinq mètres d'altitude. Je n'ai pas encore avoué à Antonio que j'ai le vertige, mais si ça se trouve, je vais quand même tester. Mourir dans un bolide comme Albert Camus avec sa Facel Vega à cent quatre-vingts kilomètres à l'heure, ça en jettera sur Wikipedia (mon éditeur se chargera de créer la page, je n'en ai pas). Antonio profite du fait que sa compagne ne soit pas encore en vacances pour échafauder en cachette cette escapade. Elle est rétive à l'idée que son amoureux embarque sur ce coucou. Mais Antonio a tout prévu, et même recruté le géant Mattia, *buongiorno*, pour nous amener à l'aérodrome en voiture. Si nous ne décédons pas mercredi, il compte acheter quelques gyrocoptères pour les riches Libanais qui n'en peuvent plus des calendriers à l'arrière des taxis : au lieu d'une heure, ils effectueraient le trajet en même pas dix minutes. Assurément, Antonio ne *fait* pas soixante-dix-neuf ans.

– La recette –

J'ai vécu à Buenos Aires en plein *cacerolazo*. Devant la Casa Rosada, le palais présidentiel investi à l'époque par Fernando de la Rúa, des milliers de désargentés manifestaient leur mécontentement en tapant bruyamment sur des casseroles. Le peso, la monnaie locale, venait d'être indexé sur le dollar et la population argentine ne s'en sortait pas. Moi non plus. Il m'arrivait fréquemment d'arpenter les McDonald's du centre-ville pour glaner des restes de repas sur les bornes où les clients déposaient leurs plateaux. Ça fait un peu Cosette mon histoire, je garde néanmoins un bon souvenir de cette période. Et puis, un ami, surnommé « *El Piojo* » (*le pou*, en français), m'avait trouvé du travail dans un restaurant de l'Avenida Corrientes, la rue portègne qui ne dort jamais. Ma mission : cuisiner des plats français. J'avais ainsi préparé, pour une centaine de couverts, du coq au vin. Il faudrait que j'arrive à me rappeler la recette (c'était il y a vingt ans), car je vais le buter cet idiot de galliforme. Tu peux pas me foutre la paix quand j'écris, non ?

– Asfaw Wossen –

Alors Antonio, cette dernière histoire éthiopienne de Francesco I, tu me la racontes ? Dans mon champ de vision, à travers les fenêtres du salon et par intermittence, des têtes masquées un coup montent, un coup descendent, quadrillent le jardin ces têtes masquées mains gantées, un coup remontent, un coup redescendent, avec de vrombissants désherbeurs électriques. Je ferme, y en a qui travaillent ici. Surtout qu'on doit parler de coup d'État et de fuite en avion, j'ai besoin de toute ma concentration. Alors donc, l'Éthiopie, 1974, coup d'État, avènement du dictateur Mengistu Haïlé Mariam.

« Ce colonel est devenu le chef incontesté du pays et il a tué toute la classe dirigeante de l'ethnie Amara. L'empereur a notamment été étranglé et enterré sous le palais royal. Il ne reste que le prince héritier Asfaw Wossen, sa femme, sa fille et son beau-fils. » Tout ce petit monde n'est pas venu chez moi pour me serrer la pince et comme j'étais parti il reviendrait mardi, non tout ce petit monde se trouvait en Angleterre où le prince héritier suivait une cure pour un problème à la tête.

« Les seuls membres de la famille impériale encore vivants en Éthiopie, c'étaient des enfants : les neveux du prince héritier. Tu te rappelles, je t'ai dit que Francesco, en plus de ses fonctions de chef de la garde impériale, était précepteur des deux fils d'Haïlé Sélassié : Makonnen et Asfaw Wossen. Makonnen, c'était le préféré de mon père. La version officielle, c'est qu'il est mort en voiture, mais en réalité il a été tué par un officier pendant qu'il baisait sa femme. C'était une vraie maladie chez lui : il fallait toujours qu'il baise les femmes des officiers... Bref, un jour, un faire-part arrive chez mon père lui indiquant que le prince Asfaw Wossen lui accorde audience. » Bien sûr, Francesco de Martini n'avait rien demandé, mais un dignitaire n'écrit pas qu'il souhaite rencontrer quelqu'un : il accorde audience.

« Mon père, qui avait soixante-quatorze ans en 1977, me dit alors : "Moi, je suis trop vieux. Vas-y, toi". J'y suis donc allé avec mon beau-frère, Giorgio Schiavio, qui connaissait bien l'Éthiopie parce que ma sœur s'était installée là-bas. Asfaw Wossen voulait libérer les enfants prisonniers en Éthiopie. Ils étaient tout le temps sous surveillance. Alors j'ai organisé leur évasion avec un ami, Lamberto Roch. J'avais réuni plein de brochures allemandes de matériel audiovisuel. La couverture de Lamberto, c'était donc "représentant en caméras". S'il s'était fait choper, il aurait dit qu'il était entré dans le pays pour sortir l'argent de ma tante. » L'idée était de se rendre à l'aéro-club de Nairobi pour embaucher un pilote de Piper, atterrir le dernier jour de l'école des enfants à Langano, un endroit où les habitants d'Addis-Abeba passaient leurs week-ends, embarquer les enfants et les emmener au Kenya voisin d'où il aurait été demandé asile politique aux Américains. Fastoche, sauf qu'Asfaw Wossen, qui effectivement devait avoir un problème à la tête (ou alors c'était la surconsommation de pudding, faut vraiment faire gaffe avec la gastronomie anglaise), avait annoncé à Antonio que les enfants étaient au nombre de onze. À son arrivée, Lamberto Roch découvrit qu'ils étaient en réalité vingt-et-un et que toute cette joyeuse troupe ne tenait pas dans un seul avion. Pour effectuer sa mission, il avait reçu 3 000 sterlings. Avec le même budget, il devait réquisitionner un deuxième avion.

« Les enfants étaient surveillés par un prêtre. Je croyais qu'il s'agissait d'un copte. Ils sont tous coptes à Addis-Abeba. En fait, le prêtre était américain. J'avais dit au type : "Tu prends un bâton et tu lui casses la tête". Le plan était très simple, sauf que le gars n'a pas eu le cran de lui casser la tête à cet Américain. Au contraire, le prêtre a même demandé s'il pouvait embarquer avec eux. Pour faire entrer les vingt-trois personnes dans l'avion, ils ont dû enlever les sièges et les jeter. »

Pour l'arrivée à Nairobi, la suite du plan là aussi était simple. Francesco de Martini avait donné à son fils un numéro de téléphone qu'il connaissait de mémoire, celui de Francesco Valla, un ancien officier qui avait servi l'Italie avec lui. Après la guerre, ce monsieur, appelons-le « Francesco III » pour une meilleure compréhension de l'histoire, s'était installé au Kenya comme représentant du plus grand tour-opérateur italien dans ce pays. L'accompagnateur des vingt-et-un mômes et du prêtre avait juste à sonner à la porte de Francesco III et dire : « De Martini m'envoie ». Dring, bonjour, de Martini m'envoie, regard interloqué, mais vous êtes combien ?, on m'avait dit onze, bon, O.K., *faddalo*, entrez, un, deux, trois, t'avise pas de mettre tes pattes sur mon vase en porcelaine toi, quatre, cinq, six, sept, elle est où Blanche-Neige ?, huit, neuf, dix, toi touche pas au cadre avec la photo de Maman, onze, douze, et toi tu t'es essuyé les pieds au moins ?, quatorze, quinze, dix-huit, vingt, vingt-et-un, vingt-deux, regard furtif au dehors, c'est fini ou il en reste encore ?, porte refermée, bon, je vous préviens, ce sera du riz et des pâtes pour tout le monde. Surtout que du riz et des pâtes, il faudra en bouffer pendant un mois car les Américains refusent d'accorder l'asile politique à cette marmaille pour ne pas se fâcher avec le régime éthiopien.

« La nouvelle de cette fuite est rapportée par le *Herald Tribune* et le *Times*, poursuit Antonio. Tout de suite, la C.I.A. se défend d'être pour quoi que ce soit dans cette évasion. Les Américains cherchent un pays qui voudrait bien leur donner l'asile politique et c'est la Suède qui, la première, accepte. Les États-Unis l'ont accordé ensuite, mais ils ne voulaient pas être les premiers. Mariam Sina, la fille du prince héritier, m'a téléphoné un an après. Elle était outrée par le culot du prêtre : il avait écrit un livre où il racontait qu'il était à l'origine de l'opération. » Le type missionné pour l'évasion des enfants a largement dépassé son budget pour payer les deux avions. En plus, il a dû rembourser les sièges qu'il avait enlevés de l'avion pour gagner de la place et faire tenir tout le monde. Il a fallu aussi payer le mois passé par les enfants à Nairobi. Bref, pas du tout rentable son histoire. Lambert Roch, qui n'a plus un sou, se rend au casino de Nairobi, joue et gagne assez d'argent pour rentrer à Rome. « Pour le récompenser, je l'ai amené à Londres, au 82, Portland Place où le prince héritier était en résidence. Il a déjeuné à sa table. Je me souviens que pour entrer dans la demeure, il fallait se présenter de profil devant l'œilleton de la porte. Si tu montrais ton visage de face, tu n'entrais pas car tu n'étais pas dans la combine. Aujourd'hui, la famille impériale vit principalement au Canada... » Sélassié pour aujourd'hui, on reprendra demain.

– *Finito* –

Nuit éprouvante. D'abord, j'ai déboîté trois lattes du sommier en me laissant choir sur le lit. J'ai soulevé le matelas, ouf elles n'étaient pas cassées. Cela dit, impossible de les remettre en place. Du coup j'ai dormi de biais, et dormir est un bien grand mot. Ensuite, j'ai échangé des messages pendant une demi-heure avec Lucie 45 (pas beaucoup de nouvelles de Lau 49 et Carlotta 39, elles m'ont sans doute déjà oublié). On dit toujours aux adolescents d'éteindre leurs écrans avant de se coucher, la lumière dégagée par ces appareils ralentit la production de mélatonine, l'hormone du sommeil. L'action directe de la lumière délivrée par un écran stimule les voies visuelles et agit sur l'horloge biologique interne lorsqu'on la regarde (je le savais pourtant). Et puis voilà, on discute mari violent, alcoolisme, garde des enfants, reconstruction d'une vie, et on l'oublie ça, le truc de la mélatonine. C'est incroyable ce site de rencontres, toutes ces solitudes qui ne demandent qu'à trouver un peu de réconfort. On m'avait dit que Tinder était un baisodrome. Or, les femmes ne cherchent pas un sexe turgescent, mais une oreille attentive. Quand mon réveil a sonné à 8 heures, doublé du bruit de la sirène d'Acuto qui tous les matins, dimanche compris, emmerde les villageois à la même heure, j'ai enfoui ma tête sous l'oreiller et ce n'est qu'à 9 h 32 que j'ai replongé dans mes notes prises la veille avec Antonio. Je lui avais demandé de me reparler du Liban. Il y a vécu de 1952 à 1957, quand son père travaillait soi-disant pour Alfa Romeo.

« J'étais pensionnaire dans une école italienne. Je sortais le week-end et les vacances d'été. Mais je voyais très peu mon père, deux ou trois jours par mois tout au plus. Francesco voyageait beaucoup, d'Afghanistan en Libye. Il était à la tête d'un réseau d'espions. Ses contacts, c'étaient des Américains et une Anglaise. Je les voyais parfois parce qu'ils venaient passer des week-ends ensemble. Moi, j'étais souvent hébergé chez les Gay-Para. Charles, le frère de Prosper, avait sept enfants ; j'étais le huitième. Charles s'était associé à Raffoul Mokadié, le petit frère de ma grand-mère, et ils dirigeaient Le Normandy. Quant à Prosper, c'est seul qu'il a monté le Palm Beach. Si je garde un bon souvenir de cette période ? Quand on est pensionnaire dans une école, on ne pense jamais que c'est une bonne période. On commence à le réaliser après cinquante ans… » Je reviens sur cette histoire d'Alfa Romeo, dis-m'en plus. « Dans chaque pays où il avait constitué son réseau, Francesco pouvait choisir un représentant pour assurer la concession d'Alfa Romeo. Au Liban, il a confié le dealership à Dory Chamoun, fils du président de la République Camille Chamoun. Les Américains lui accordaient leur confiance. Quand en 1957, les Marines ont débarqué à Beyrouth, mon père a stoppé les soldats français. Il a dit aux Américains : “Il ne faut pas que les Français reviennent. Ce serait interprété comme un retour du colonialisme”. Les embêtements ont commencé quand mon père a quitté le réseau en 1961… Ce réseau était mixte, créé par le gouvernement italien, mais en *partnership* avec les Américains. En 1961, les Italiens ont décrété que c'était un réseau purement italien, ils ont viré Francesco de Martini et ont mis un autre type à sa place. Du coup, les Américains sont partis… Voilà, en 1962, mon père est retourné en Italie. *Finito.* » Comment ça « *finito* » ? Francesco est mort en 1981. Il nous reste vingt ans. « Eh… *Finito*… Sinon, il faudrait tout raconter et ce serait un autre livre de deux cents pages. » Je reviendrai quand même à la charge demain. Ah non, demain, peut-être c'est mon décès en gyrocoptère.

– Thé –

Catastrophe. Je savais que ces capsules de Nespresso®, ça allait me porter la poisse. Trois jours que je suis là, et j'ai déjà vidé le stock. Plus de café dans la villa. Ni dans tout Acuto. Déjà que ce n'était pas facile d'écrire sans Le Pial ni muse, autant rendre les armes tout de suite. Je n'ai pas beaucoup parlé d'Acuto depuis mon arrivée, il y a une raison : on s'y ennuie. Par bonheur, j'apprécie beaucoup mon cousin et nous passons du bon temps ensemble, sinon. Du reste, il m'avait prévenu : « Tu n'auras pas de sollicitations ici, tu seras bien pour écrire et, si tu veux parler philosophie, l'endroit le plus proche est à deux cents kilomètres : à Aquino, la patrie de saint Thomas d'Aquin. »

Parler philosophie, je m'en fiche, si déjà je pouvais trouver du café. Bref, mission Nespresso®. Je traverse la rue principale à la recherche d'une supérette, rien. Puis les ruelles adjacentes, toujours rien. Mais comment font les Acutains ? Ah ça pour se goinfrer de spaghettis y a du monde, mais pour vendre du café, plus personne… En désespoir de cause, j'ai pénétré dans un bar où j'avais pris un apéritif la veille avec Antonio. Ils m'avaient déjà vu, moi le Franchute, savaient que je ne parlais pas italien. J'avais eu la brillante idée de prendre avec moi une capsule usitée de Nespresso®, histoire de faciliter ma recherche. *I want to buy this, do you know where I can do it?* Ouille ouille non, mon petit monsieur, faut aller à Fiuggi, le bled d'à côté. Tant qu'à avoir quitté ma tanière, j'en profite pour commander des Camel et un café. Oh puis non, une bière. Au fond le café, ce n'est pas ma tasse de thé.

– Partiiiiiiiiiiiiiiiiiiiiii –

Coucou, c'est moi. Oui, toujours en vie. J'ai serré les fesses, mais je m'en suis sorti. De toute façon, je ne pouvais pas me défiler devant mon vieux cousin. Antonio l'a fait, son tour en gyrocoptère, donc moi je me devais de lui prouver que nous avions bien le même sang. Ce sang « de Martini » que je découvre depuis des pages et des pages. Ce sang des braves qui sauve des empereurs et toute leur descendance. Ton vertige, tu te le fous au cul, tu es l'arrière-arrière-petit-fils d'Antonio I ou quoi ? Tu lui montres au cousin que tu ne t'es pas lancé dans toutes ces recherches pour rien depuis des mois et que tu vas monter à quatre-vingt-cinq mètres d'altitude à une vitesse de cent cinquante kilomètres à l'heure, même que dans les virages effectués par le pilote tu ne moufteras pas quand tu te retrouveras penché dans le vide à 45°, tu ne crieras pas « Maman ! » parce que le pilote entend tout dans son casque, on est reliés par système audio, tu te cramponneras à ta ceinture et tu fermeras ta petite gueule, tu oublieras ce vertige auquel tu es sujet depuis l'âge de vingt-cinq ans quand ton ancien colocataire Hugues s'est jeté du treizième étage d'une tour de Malakoff, oui tu as compris que c'était depuis ce jour-là que même quand tu regardais un film où le héros était à flanc de montagne ou en haut d'un building eh bien tes jambes flageolaient alors qu'avant tu en escaladais plein des immeubles, et à mains nues. Alors j'ai enfilé le casque, inséré une première jambe dans l'habitacle pas du tout conçu pour de grands types comme moi, d'ailleurs Mattia, du haut de ses deux mètres zéro sept, était vexé de ne pas avoir droit à son petit tour de gyrocoptère lui aussi. Limité à cent kilos mon pote, pas cent trente. J'ai glissé tant bien que mal la deuxième jambe. Le pilote a attaché ma ceinture. Nous avons pris position sur la piste de décollage et puis il m'a dit : « *Ready ?* » J'ai répondu « *Ready.* » Et c'était partiiiiiiiiiiiiiiiiiiiiiii. Nous avons survolé la campagne de Nettuno, où se trouvait l'aérodrome, puis un bout de mer, d'un bleu étincelant, la Méditerranée, comme mon visage sans doute, tout ça pendant une vingtaine de minutes, puis à nouveau la piste, attette-attetterrissageeeeeeee. Sur le chemin du retour vers Acuto, à l'arrière de la voiture, je regardais défiler les prostituées-parasols qui jalonnaient le bord de la route et les pins-du-même-nom. J'étais bien. 11 h 23 le 24 juillet, je l'ai consigné dans mon téléphone. À côté de 8 h 43 le 29 janvier et 19 h 12 le 27 mars.

– Dix-huit trous –

Hier soir, nous avons rigolé. Comme deux larrons en foire. Nous venions de dîner au restaurant de Denise et Dario, rentrions peinards par l'artère principale d'Acuto qu'Antonio surnomme les « Champs-Élysées » (un minuscule arc de triomphe ferme la rue, au bout) et, une fois devant l'endroit où nous devions tourner à droite pour regagner la villa, mon cousin me sort : « Viens, on va au bar qui se trouve un peu plus loin. Un jour sur deux, il y a une très jolie serveuse. Avec un peu de chance, on tombera la bonne soirée... » Elle n'était pas là. Il y avait bien deux personnes au service, sans doute sœurs car elles se ressemblaient beaucoup, mais ce n'était pas celle qu'Antonio voulait me présenter. Nous nous asseyons quand même en terrasse et commandons deux digestifs.

Comme nous étions un peu grisés, je l'entreprends sur le sujet des femmes. Depuis trente ans, Antonio adore sa compagne, mais, avant Alessandra, il n'a pas toujours été un enfant de chœur. « Tiens, toi qui aimes les bons mots, j'en ai un pas mal... Du temps de ma première femme, je recroise un vieux camarade d'école que je n'avais pas vu depuis longtemps. Il m'interroge sur mon épouse et me demande si je lui suis fidèle. Très souvent, j'ai répondu. » Hi hi. Je lui raconte que pour moi c'est le désert, que je n'ai plus de muse et que je me surprends même parfois à parler à mon Le Pial tellement je me sens seul. Et puis, je lui raconte ma dernière trouvaille : Tinder. Montre-moi comment ça marche, il me dit. J'ai donc géolocalisé mon téléphone à Acuto et nous avons passé en revue les Italiennes célibataires de la région. De ses presque quatre-vingts piges, Antonio a tout de suite saisi le coup du doigt, à gauche ou à droite. Surtout, tu te trompes pas, faudrait pas que. T'inquiète. Celle-là, Chiara 42, elle est pas mal. Ah bon, t'aimes pas? C'est bien, nous n'allons pas nous battre, nous n'avons pas du tout les mêmes goûts. Oh non, alors là, Joanna 39, surtout pas. Antonio me traduit le message de présentation sur le profil. C'est une intellectuelle, ne t'emmerde pas avec ça. Bref, il y en avait des tonnes et on a ri pendant un quart d'heure. Cela m'a rappelé les dix-huit trous avec mon grand-père.

– Raconteur –

Je le savais. Antonio m'avait dit *finito*, mais il lui restait bien sûr des anecdotes à me relater. Tandis que face à la montagne, à l'intangible place que j'adopte depuis quatre jours, je lutte contre l'écrasante chaleur de cette fin juillet (35° selon l'enseigne électronique et verte de la pharmacie des Champs-Élysées), les chants intempestifs de cet abruti de coq (il sonne même à 17 heures), les innombrables piqûres de *zanzare* (rien à voir avec ce « Zamzam » que j'avais noté à Rome sans savoir de quoi il retournait : *Zamzam* dans l'histoire de Francesco, c'était le nom du bateau ; *zanzare* ici, c'est celui donné à ces fumiers de moustiques), les aboiements répétés d'un chien (faudrait que j'apprenne aussi la recette des nems), les vrombissements du tracteur-tondeuse qui a décidé de passer pile à ce moment-là dans le terrain voisin, bref, alors que je lutte contre tous ces éléments extérieurs, mon cousin s'allonge sur un transat, à côté de ma table de travail. « Tant que j'y pense, il faut que je t'explique comment mon père a été relevé de ses fonctions. » Oui, Antonio, je voulais justement m'arrêter, à cause de la chaleur, du coq, des moustiques, du chien, du tracteur-tondeuse et, en plus, je n'ai plus de clopes, alors vas-y.

« Au printemps 1948, un étudiant tire quatre ou cinq balles sur le chef du parti communiste, Palmiro Togliatti. Au sein du gouvernement, on redoute alors que les communistes déclenchent une révolte et on décide de prendre des mesures de protection pour surveiller les différents ministères. Pour celui de la Défense, ils se disent qu'il faut mettre Francesco de Martini, c'est leur meilleur soldat. Tous les ministères sont ainsi entourés de barricades et de barbelés. Le chef d'état-major, qui habite à trente mètres du ministère de la Défense, débarque sur les lieux. Tout est ouvert, aucune protection. Il pénètre dans la cour intérieure du bâtiment, toujours rien. Il convoque le capitaine de Martini. "On vous a confié la protection du lieu et il n'y a rien de tout cela. Qu'est-ce que vous avez foutu, de Martini ? – J'ai employé cinq hommes, répond mon père. Je les ai disposés sur le toit avec chacun une caisse de grenades. S'ils voient quelqu'un franchir la porte et entrer dans la cour, ils ont pour consigne de balancer des grenades jusqu'à ce qu'ils n'entendent plus de cris." Une demi-heure après, mon père était relevé de ses fonctions. – C'est Francesco qui t'a raconté tout ça ? – Non, un général, ami de mon père. Tu sais, mon père n'était pas un grand raconteur. Il me parlait quand il avait des leçons à me donner sur la vie. Mais sinon, rien… » Eh bien, heureusement que Francesco avait des amis, sinon j'aurais été bien embêté, moi, avec mon projet.

CHAPITRE X

– Chapitre x –

Cinq heures du mat', j'ai pas du tout de frissons : il fait déjà bon sur la terrasse. Je suis torse nu, face à cette montagne que je n'entrevois pas encore mais qui me rassure car je sais qu'elle est là, juste derrière ma bouteille d'Acqua di Nepi, ma coupelle-pas-Pacman et mon ordinateur, luciole de plus dans le jardin d'Antonio. Le seul truc embêtant, c'est que dans l'obscurité je ne distingue pas mon briquet, tant pis je fumerai plus tard. Au bout du compte, je l'aime bien ma montagne, ah si le voilà, elle me rassure je disais. Le coq sonne déjà (je pense que nous sommes les deux seuls insomniaques du village), mais je serre les dents je monte le son : *Mexico* de BRNS, le chanteur braille assez fort pour que je ne sois pas déconcentré par le gallinacé. Ce matin, j'ai attaqué en marquant « Chapitre X ». C'est la suite de ce que j'écrivais la veille, mais on arrive presque au terme de ce récit, je me suis levé en me disant que j'allais ouvrir un dixième chapitre, ça ferait un chiffre rond comme ça. Enfin, ce n'est pas exact. Mon cerveau m'a réveillé en me demandant de modifier l'entame du chapitre VII, à l'endroit où j'évoque Sylvain Tesson. « Ajoute un truc du genre "Il a plus de bouteille que toi", ça fera un super jeu de mots. » Il est vraiment con ce cerveau. Je t'avoue que j'ai la glu, je lui ai rétorqué. Faudrait déplacer tous les points, les virgules et même les mots « vieux chien gentil ». T'es mignon mais je préfère avancer. Ah je l'aperçois un peu la montagne à présent. Dans quelques jours, je vais la quitter, retrouver Rome, puis Nantes. Et donc l'Erdre et mon Le Pial. Même si, depuis cette nuit, je me fiche de mon couteau. Je sais maintenant que je peux écrire seul, et partout. Cocorico, oui on a compris. Ma *playlist* musicale est passée à *En attendant de lui plaire* de Gaëtan

Roussel, avec sa voix si fluette qu'on dirait qu'il ne chante pas. C'est pour ça que je perçois à nouveau les chants du coq. Si Jésus s'était fait arrêter à Acuto et non au Golgotha, son disciple Pierre l'aurait trahi un bon paquet de fois, ça je peux l'assurer. Je switche direct sur *Banquet* de Bloc Party, tu vas voir si je t'entends encocoricore. Voilà, le croissant de lune a cédé sa place au soleil, et mon briquet est rouge sur la nappe blanche. Je vais pouvoir mettre en marche la bruyante machine à café sans réveiller Antonio ; à cette heure-là, il doit être en train d'emmerder deux-trois amis sur Facebook.

– *Il Liberatore* –

Hier midi, nous avons pique-niqué des spaghettis à la villa. Je dis pique-niqué car, dans la cuisine d'Alessandra et Antonio, je n'ai pu dénicher qu'une assiette plate, une à soupe, deux fourchettes et deux couteaux, et encore y en a un c'est pour le fromage, celui avec la pointe qui rebique en haut… qui rebique en haut… telle une crête de coq qui ne veut décidément pas fermer sa putain de gueule, son putain de bec pardon, alors toi t'as vraiment de la chance que je n'aie pas mon Le Pial avec moi. Celui-là, il a décrété qu'il me ferait chier jusqu'au bout (« décrété », j'ignore si Gilles saisira la finesse du jeu de mots, et s'il la saisit, il dira que c'est vraiment un jeu de mots de merde). Quand je reviendrai l'an prochain, une statue sera érigée en l'honneur de Silvio Chantalo, à côté du monument où est égrainé la liste des Acutains morts pour l'Italie, car, oui, j'aurai marqué l'histoire du village en étant l'homme, « Silvio il Liberatore », qui aura débarrassé ses habitants de cette satanée bestiole. En plus, j'avais prévu de raconter un truc hyper intéressant à propos de Roberto Rossellini, c'est franchement pénible… On peut reprendre ? Tout le monde est calmé ? Donc : Il n'y a pas de vaisselle à la villa, c'est pour cela que nous finissons toujours chez Denise et Dario, comme hier soir encore. Entre deux *antipasti*, j'ai interrogé Antonio sur Roberto Rossellini.

« C'est la deuxième femme de mon père qui m'en a parlé. Pas mon père. Elle était très flattée d'avoir, avec son mari Francesco, déjeuné avec le réalisateur. Ça devait être en 1949 ou 1950, quelque chose comme ça… Après la guerre, les cinéastes cherchaient des idées de sujets militaires. Certains ont réalisé des films sur la campagne de Russie, d'autres sur les hommes-grenouilles et, bien sûr, un film sur la guerre en Éthiopie, ça les aurait intéressés. Il est probable que ce soit l'état-major qui ait branché Rossellini avec mon père. L'état-major cherchait à se débarrasser de Francesco de Martini. Avec ce film, cela aurait été l'occasion. Mais mon aïeul a refusé. En acceptant, il aurait dû abandonner sa carrière. Il a aussi décliné plusieurs propositions de la compagnie pétrolière Eni, qui souhaitait l'embaucher… » Il a répondu : que nenni.

– *Extra ball* –

« Le but principal du jeu de flipper est de réaliser le score le plus élevé. Le but secondaire est de jouer le plus longtemps possible en évitant que la bille ne sorte du plateau de jeu, en obtenant des billes supplémentaires, nommées "*extra ball*", et de gagner des parties gratuites. » 15 h 32 le 26 juillet. Quatrième fois je suis heureux. Les larmes me viennent. Cette montagne, que je commence à chérir, les a vues. Des années que je perds à intervalles réguliers mes quatre grands-parents. *Extra ball*, j'ai gagné une partie gratuite : un nouveau grand-père. J'aime beaucoup Antonio. « Ça m'embête que tu m'accompagnes tout le temps, me reproche-t-il, en arpentant ce midi les Champs-Élysées. Tu devrais faire des choses de ton côté... » T'as rien compris, mon vieux, je me sens bien avec toi (je dis : « mon vieux », car il m'appelle tout le temps comme ça). Au déjeuner, on a parlé bière blanche, la 1664 bouteille bleue, qu'il souhaiterait importer en Italie, tu me rendrais pas un service en les contactant? « Les Français ont fait des études de marché. Mais ils ne comprennent rien. Ils restent avec leur mentalité de Français et se disent que ça ne va pas marcher. Crois-en mon expérience. Les Italiennes adoreraient ça... » Ce monsieur est fou. Il a trimé toute sa vie, dirigé des boîtes, une chaîne de télévision, sauvé la descendance d'un empereur. À quatre-vingts piges, il pourrait lire son *Corriere della Sera* peinard sur son canapé, non, il donne des conseils à Denise et Diego sur les visites guidées qu'ils devraient organiser dans Acuto, il expérimente le gyrocoptère pour le refourguer aux Libanais. Il veut maintenant importer de la Seize. Alors, 8 h 43 le 29 janvier, 19 h 12 le 27 mars, 11 h 23 le 24 juillet et maintenant 15 h 32 le 26 juillet. Je vais peut-être finir par aller bien, en fait.

– Mattia –

L'autre jour, j'évoquais Michael Lonsdale, connu notamment pour avoir interprété le méchant Hugo Drax dans *Moonraker*. Son factotum, dans ce onzième opus des James Bond, s'appelait « Requin », un géant de deux mètres dix-huit interprété par Richard Kiel qui, ça tombait bien, mesurait deux mètres dix-huit. Quand j'ai vu, hier soir, Mattia tordre avec une aisance déconcertante les quatre lattes de mon lit pour les encastrer à nouveau dans les encoches prévues à cet effet, j'ai repensé à Richard Kiel. Ce colosse, mélange de « Requin » donc et de Pascal Brutal, le personnage de bande dessinée créé par Riad Sattouf, est une figure du village. Les femmes, m'a raconté Antonio lorsque nous dînions chez Denise et Mario (je ne sais plus quel soir, à force), prennent bien soin de ne pas le regarder dans les yeux lorsqu'elles sont en compagnie de leurs conjoints ; il les attire, c'en est presque animal. Lorsqu'il ouvre la bouche, Mattia émet des sons vifs et puissants qui chaque fois me font sursauter. Franchement, il vaut mieux être son ami. Moi, il m'appelle « Silva » et, ça va : il m'aime bien. Il faut dire que j'ai été présenté par mon cousin comme « *mio cugino* », ça aide. Alessandra, qui a grandi à Acuto, et Antonio, qui au début fréquentait le village pour faire plaisir à sa compagne mais qui l'apprécie désormais, sont aussi des personnalités acutaines. Antonio a ses petits *Corriere della Sera* et *Il Messagero* mis de côté à 8 heures par la buraliste des Champs-Élysées (lorsqu'il retourne à Rome, le chiffre d'affaires de la marchande de journaux baisse de moitié). Son cappuccino avec croissant est servi dès qu'il entre dans le bar situé à côté de la villa. Et puis il y a donc la famille Petrucci, dont Mattia est le premier rejeton. À l'instar de Requin pour Hugo Drax, le géant est un peu l'homme à tout faire de mes cousins. Alessandra et Antonio sont généreux et Mattia préfère officier comme chauffeur, réparateur de lit ou monteur d'escabeau Ikea qu'est-ce que *merda dio nome merda* je fais de cette dernière pièce je ne sais pas à quoi elle sert, plutôt que de servir les plats dans le restaurant de ses parents. D'autant que c'est lui qui gère le potager d'où proviennent les légumes qui échouent chaque jour dans nos assiettes. Rendre service à « Anto » contre quelques billets, ça l'amuse davantage. Pourquoi je disais ça ? Parce qu'aujourd'hui, événement, j'ai sorti ma première blague en italien. Quand on arrive à faire rire dans la langue de son interlocuteur, c'est qu'on commence à prendre plaisir à la comprendre et à la parler. Mattia avait aujourd'hui une énorme griffure au bras. « *Ragazza* ? », je lui ai demandé. J'étais content de mon coup (je sais, il m'en faut peu) et je me suis dit que j'allais la noter dans mon récit. Pourtant, ce matin je m'étais levé avec la ferme intention d'entamer une grève de la fin. Plus un signe, voilà on arrêtait tout, à quelques pages de la ligne d'arrivée, celle où on écrit le mot FIN. Plus un signe donc, pas même une virgule ou un point d'interrogation, et pourtant des interrogations j'en ai. Je m'étais disputé la veille au soir, par messages interposés, avec mon ancienne compagne. Tout ce qu'elle m'a dit, elle avait sans doute raison. Alors voilà, *finito*, *basta*, à la poubella le *Turco*.

– Il était là –

Aujourd'hui, excursion rapide à Rome. À l'origine, nous devions nous rendre à Grosseto pour assister à un spectacle qu'Antonio a mécéné : *Randolfo Pacciardi – Eroe del 900 per l'Italia del 2000*. Pacciardi était un membre du parti républicain italien, qui avait combattu pendant la Première Guerre mondiale et la guerre civile espagnole. Cet officier un peu tombé aux oubliettes, Antonio a voulu le remettre sous le feu des projecteurs en finançant cette pièce de théâtre. À peine montés *buongiorno* dans la voiture (c'est Mattia qui conduisait), l'organisateur du spectacle appelle mon cousin pour lui annoncer que, vu les conditions météorologiques prévues pour le soir même, l'amphithéâtre en plein air, on pouvait oublier. Parenthèse : j'ignorais, en cherchant sur Google si « vu les conditions » ça s'accordait au féminin ou pas, qu'il existait un champion du monde de l'orthographe. Bruno Dewaele, il s'appelle et il est professeur agrégé de lettres modernes (comme ça, si quelqu'un a besoin un jour...) Bref, pas question de demi-tour, nous allons tout de même rejoindre Alessandra dans la capitale italienne. Je ne m'étendrai pas sur toutes ces contingences logistiques, ce n'est pas le plus intéressant du livre (perso, j'ai préféré le passage sur le Coran alternatif), c'est comme si j'exposais aux yeux de tous le nombre de fois où j'urine durant l'écriture d'un même paragraphe, étant donné tout ce que j'ingère en eau et en café c'est considérable, non, si je racontais ça, c'est que nous sommes passés en voiture devant le Sacrario militare del Verano, à Rome. Oui, là où est enterré Francesco de Martini. Cet aïeul dont je parle depuis des semaines, il était là, à quelques mètres de moi. Bon, on était en voiture et on roulait vite, mais quand même, il était là : Francesco de Martini, *incredibile*.

– Sinon quoi d'autre ? –

« Assieds-toi, faut que je te parle. Je vais rentrer à Rome, pour gérer des problèmes personnels. Je te laisse la villa si tu veux. » Cette histoire, cette vie plutôt, commence vraiment à m'emmerder. L'*extra ball* et les dix-huit trous, je revivais, et à chaque fois *on me*. T'as de la chance, là-haut, que je ne croie pas en toi, sinon je t'aurais cassé ta petite gueule, comme au coq. D'ailleurs, je rigole car si son ramage se rapporte à son plumage, il doit être sacrément trempé l'autre idiot, vu la fontaine qui nous asperge depuis cette nuit. J'ai à peine éteint l'ordinateur, vers 3 heures, qu'il s'est mis à tomber des cordes. Coup de tonnerre, éclairs de partout et trois lattes du lit qui se pètent à nouveau sous mon poids, c'est une tragédie grecque qu'il faudrait que je compose. Acte I : le coup de tonnerre du départ d'Antonio. Acte II : l'orage. Acte III : faut que t'arrêtes de fréquenter le Liban et l'Italie, t'as vachement grossi, je sais pas, va en Éthiopie plutôt. Ce matin, au réveil, plus d'électricité dans la villa.

Donc plus de Nespresso®, plus de batterie pour l'ordinateur, plus de Wi-Fi. Chômage technique. Là, c'est revenu, et je me suis calé sous l'escalier de la terrasse, entre le stère de bois et les transats. J'écris voûté, mais je suis habitué avec la péniche. Pourquoi suis-je encore devant l'ordinateur, à lutter contre les éléments extérieurs, je l'ignore. *L'amore per la scrittura* ? Ça doit être ça. Sinon je ne vois pas.

– Arrivederci –

« Quouant il mé pran dans sé bra, il mé parlé tout bas, yé voua la vie en roseu, il mé dit dé mots d'amor, dé mots de tous les yours, et ça mé fé quélqué choseu. » Voilà, ici, c'était pas *Viens poupoule*, mais *La Vie en rose*. Toute la semaine, j'ai eu droit aux chantonnements d'Antonio, qui en déambulant dans la villa, qui en lisant son *Corriere della Sera*. La villa est triste sans Édith Piaf, moi aussi. Nous avons convenu que je reste seul à Acuto et que je rallie Rome par le train dans trois jours. Il est préférable qu'Antonio gère ses soucis sans que je sois en permanence dans ses pattes. Et puis, entre la chaleur écrasante de Rome et le calme acutain, j'ai tranché : je suis bien mieux sous ma vigne. C'est Mattia qui me conduira en voiture à la gare d'Agnani, à quinze kilomètres de là. Enfin, j'espère qu'il a compris, Richard Kiel, ce que je me suis évertué à lui expliquer. J'ai tenté de *parlare italiano* à l'aide de Google Traduction sur mon téléphone, mais je ne garantis pas l'irréprochable qualité de mon accent, non Mattia, pas *domani*, mais *dopodomani. Capito*? J'ai retrouvé ma place sur la terrasse, pas ma coupelle pas-Pacman, qui s'est fracassée sur le sol avec la tempête de la nuit précédente. J'ai demandé à Alessandra si je pouvais utiliser son cendrier « Synapsine », elle a accepté et, c'est cool, je peux y déverser encore plus de mégots sans nécessité de me lever de table toutes les trente minutes. Aujourd'hui, la montagne se dévoile à nouveau ; hier, elle boudait car il pleuvait. Et il me reste le coq qui, j'ai chronométré, égosille toutes les quatorze secondes. J'ai deux solutions. Ou je le tue (mais je n'ai pas mon Le Pial). Ou je lui trouve une poule et je m'assois sur ma statue (je précise, c'est une expression, sinon ça peut être douloureux, surtout si le sculpteur acutain me représente avec un chapeau pointu). Antonio m'a dit qu'il y en avait plein des poules, dans le terrain vague qui jouxte la villa. Cette nuit, j'enjamberai le grillage et j'irai en chaparder une. Tiens, voilà une compagne, tu fais tes petites affaires, promis je ne regarde pas, mais si ça pouvait te calmer cinq minutes parce qu'on en a ras-le-bol, il faut vraiment qu'on te le dise, mes nouveaux amis acutains et moi, même Mattia il me l'a confessé, ou alors il parlait de son pull, je comprends pas toujours ce qu'il raconte. Il faudra juste que je pense à charger mon téléphone car je me servirai de la fonction « lampe torche », bien pratique, oh mince mes clefs par terre, mais qui consomme un maximum de batterie. 15 h 27, ce n'est pas possible de brailler comme ça en plein milieu d'après-midi. Eh mec, tu ne veux pas écrire un récit sur ton arrière-grand-oncle toi aussi ? Tu sais, le coq qui braillait sur les épaules du chat dans *Les Musiciens de Brême* des frères Grimm, il était pas de ta famille à tout hasard ? Ça t'occuperait et ça nous ferait des vacances. Moi aussi je suis seul, mais je me suis contenté de raconter ça dans un livre, sans embêter tout un village.

ÉPILOGUE

« J'ai le droit à mon épilogue, non ? » Mince, je croyais que j'avais fini. Si tu veux, Antonio… Tout juste débarqué du train Fiuggi-Rome, je retrouve mon cousin à son domicile, assis sur le canapé du salon, le *Corriere della Sera* étalé près de lui. Il m'enjoint d'ouvrir mon ordinateur et prendre en note ce qui doit conclure ce récit. « Tu m'as posé la question : pourquoi stopper en 1961 ? Finalement, je vais te narrer la suite… » D'accord, je prends d'abord un verre d'eau, la chaleur est épouvantable à Rome, j'ai eu raison de rester à Acuto trois jours de plus…

« Sur la page Wikipedia de mon père, il y a des photos, entre autres la reproduction d'une page dactylographiée. Si tu zoomes sur cette photo, tu peux lire une information datant de 1947. Avec un an d'avance, Francesco de Martini a prévenu que le maréchal Tito, dirigeant du régime communiste yougoslave, romprait avec l'Union soviétique. Quand la prédiction s'est effectivement réalisée, les Américains ont voulu savoir qui était mon père et comprendre par qui il avait eu ce tuyau. Tito et l'ambassadeur des États-Unis étaient les deux seules personnes au courant. “Comment avez-vous su ?”, lui ont-ils demandé. Bien sûr, comme les journalistes, les espions ne dévoilent jamais leurs sources : mon père s'est tu. La même chose s'est produite en 1958 quand mon père a annoncé qu'un coup d'État en Irak allait changer toute la géopolitique au Moyen-Orient. Le 14 juillet 1958, le général Abdel Karim Kassem renverse la monarchie irakienne et s'empare du contrôle militaire de Bagdad. Les Américains reviennent voir mon père. “Vous étiez le seul à avoir annoncé cet événement et personne n'a tenu compte de vos prédictions. Comment saviez-vous ?” En 1960, la même chose se produit avec la Turquie. Francesco avait prévu le coup d'État. Le 27 mai 1960, le Premier ministre Menderes est renversé et pendu par un groupe d'officiers de l'armée turque, contre le gouvernement du Parti démocrate élu. Le général Cemal Gürsel est désigné chef de l'État, Premier ministre et ministre de la Défense. Ce coup-ci, on a écouté mon père et il reçoit une prime du chef de la défense italien. Avec cet argent, il m'a acheté ma première voiture, une Fiat 1100. Bon, ce n'était pas encore une Alfa Romeo… Ensuite, le 1er octobre 1961, mon père rédige une feuille dactylographiée, dans laquelle il indique que les Syriens ne sont pas contents de leur union avec l'Égypte. Ces deux pays ont constitué ce qu'ils ont appelé la "République arabe unie". Mon père avait prédit que, dans l'année, la Syrie se séparerait de l'Égypte. Au lieu de transmettre l'information aux Américains, l'intelligentsia italienne a dit que c'était de la foutaise. Les deux pays se sont séparés le 1er octobre 1962, pile un an après. À chaque fois, le bureau demande : "Mais d'où tiens-tu tes informations ?" Et mon père de répondre : "Il suffit de s'informer…" Tout le monde était très emmerdé et craignait que mon père devienne le chef de l'intelligentsia italienne. S'il le devenait, il les renvoyait aussitôt tous à la maison… Les Italiens décident donc de le zigouiller et le mandatent pour effectuer une mission piège en Irak. À son arrivée à Bagdad, à la descente de l'avion, Francesco est intercepté par la police militaire. Il est interrogé par le chef du contre-espionnage irakien. Trois heures après, le chef ordonne de raccompagner M. de Martini à l'aéroport, annonçant qu'il est un ami de l'Irak et qu'il peut entrer et sortir du pays toutes les fois qu'il le souhaite. Lors de leur discussion, le chef du contre-espionnage a dit à mon père : "Ce sont les tiens qui t'ont trahi. Le représentant de la compagnie pétrolière Eni est venu nous prévenir que tu étais un espion et que tu allais débarquer". Quand mon père est retourné à Rome, le Bureau a vu qu'il figurait sur la liste des passagers et qu'il était revenu en Italie, mais mon père est rentré directement chez lui à Grottaferrata, sans passer par le Bureau. Francesco a demandé qu'on lui enlève le secret-défense pour se plaindre au tribunal et dénoncer ces agissements. Les services des renseignements ont refusé. Jusqu'à sa mort, les Américains ont continué de venir le week-end à Grottaferrata. Poser des questions à mon père. Demander des conseils. Voilà, tu sais tout. – C'est bon ? Je peux mettre un point final ? – Oui, vas-y. »

En première de couverture :

Francesco de Martini, pilote de char, en 1923.

En quatrième de couverture :

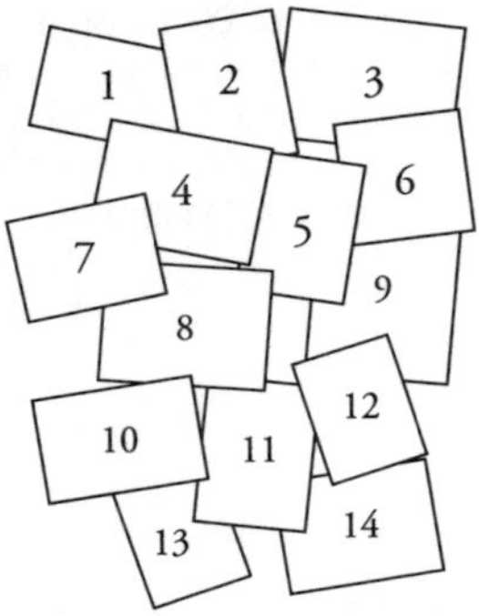

1. Francesco, colonel, à la tête des troupes à Trieste, avec le *misbaha* (chapelet), observant les soldats à l'entraînement, 1957.
2. Première photo officielle en uniforme de lieutenant, 1937.
3. L'oncle Berto avec des cousins et son Alfa Romeo 2500 GT, 1953.
4. Francesco, « inspecteur d'Alfa Romeo pour le Moyen-Orient », 1954.
5. Le colonel Vittorio Ruggero, attaché militaire italien en Éthiopie, 1936.
6. Francesco avec un inconnu, *circa* 1928-1929.
7. et 8. L'empereur Haïlé Sélassié lors d'une démonstration de machines agricoles et d'une interview à la radio, *circa* 1965.
9. Pierre et Juliette Chantal, « Pépé » et « Mémé », *circa* 1938-1939.
10. Francesco avec la Fiat 3000 dans sa résidence d'Addis-Abeba, 1927.
11. Francesco (à gauche), avec un inconnu, *circa* 1928-1929.
12. L'empereur Lij Iyasu, *circa* 1914.
13. C'est la guerre, le sergent-major Francesco regagne l'Érythrée, recrute quatre cents Yéménites et traverse le désert de l'Aussa, 1935.
14. Francesco, sergent-major, à Addis-Abeba, 1927.

Collection personnelle d'Antonio de Martini.

Ce 415e titre du Dilettante a été composé par Camille Cazaubon et achevé d'imprimer à 1515 exemplaires le 17 juin 2022 par l'Imprimerie Floch à Mayenne (Mayenne).

Dépôt légal : 2e trimestre 2022
(100703)
Imprimé en France